모든 요일의 기록

모든 요일의 기록

카피라이터의 시선으로 사로잡은 일상의 순간들

김민철 지음

북라이프

모든 요일의 기록

1판 1쇄 발행 2015년 7월 10일
2판 1쇄 발행 2021년 7월 6일
2판 7쇄 발행 2024년 11월 8일

지은이 | 김민철
발행인 | 홍영태
발행처 | 북라이프
등 록 | 제2011-000096호(2011년 3월 24일)
주 소 | 03991 서울시 마포구 월드컵북로6길 3 이노베이스빌딩 7층
전 화 | (02)338-9449
팩 스 | (02)338-6543
대표메일 | bb@businessbooks.co.kr
홈페이지 | http://www.businessbooks.co.kr
블로그 | http://blog.naver.com/booklife1
페이스북 | thebooklife
ISBN 979-11-85459-27-1   03810

비즈니스북스는 독자 여러분의 소중한 아이디어와 원고 투고를 기다리고 있습니다.
원고가 있으신 분은 ms3@businessbooks.co.kr로 간단한 개요와 취지, 연락처 등을 보내 주세요.

나는 읽고서 쓰고, 듣고서 쓰고
보고서 쓰고, 경험하고서 쓴다.

내 모든 기록의 쓸모에 관하여

타고난 기억력이 있다. 오해는 마시길. 한 번 보기만 해도 고스란히 외워버리는 능력이 아니라, 같은 구절을 수백 번 읽어도 고스란히 잊어버리는 능력이 있다. 과장이 아니다. 그렇게 나는 내가 쓴 카피 한 줄도 못 외우는 카피라이터가 되었고, 내가 좋아하는 가수의 노래를 한 곡도 못 따라 부르는 팬이 되었고, 남편이 바로 며칠 전에 들려줬던 음악에 "좋다. 누구 음악이야?"라는 질문을 또 하는 아내가 되었다.

이건 너무하다 싶어 병원 검사도 받아보았다. '정상'. 이 두 글자가 똑똑히 적힌 종이를 들고서 나는 망연자실했다. 그냥 나는 머리가 안 좋은 것이었다. 머리가 안 좋아서 아무리 공부해도 역사 성적은 늘 그 모양이었고, 머리가 안 좋아서 그토록 외우고 싶었던 시 한 편을 못 외운 거였다. 머리가 안 좋아서 지난주에 본 영화의 줄거리를 못 기억하는 거였고, 머리가 안 좋아서 지금까지 그렇게 고생한 거였다. 모두가 머리가 안 좋아서 일어난 일이었다. 아니, 정정하자. 머리의 다른 영역까지 다 나쁘다는 건 아니었다. 하지만 유독 '기억'과 관련된 머리는 평균 이하임이 확실했다.

그러나 기억이라는 능력을 상실한 대신 나는 '성실'이라는 능력을 얻었다. 말 그대로 나는 끊임없이 읽고, 듣고, 보고, 찍고, 경험하고, 배우는 부류이다. 더 정확하게 말하면 그러지 않으면 불안해하는 인간 부류에 속한다. 한 선배가 농담처럼 말했다.

"넌 나보다 열 배를 더 열심히 살지만 어차피 열 개 중 아홉 개는 잊어버리기 때문에 결과적으로는 나와 같은 분량을 살고 있는 거야."

나는 선배의 말이 옳다고 생각한다. 동시에 선배의 말이 틀렸다고 생각한다. 나는 내가 잊어버린 아홉 개가, 그러니까 내 머리가 '기억'하지 못하는 아홉 개가 내 몸 어딘가에 '기록'되어 있다고 믿는다.

음악을 듣고 눈물을 흘렸던 경험에서 내 머리는 그 곡을 '기억'하지 못하지만, 내 몸에는 그 눈물이 '기록'되어 있다. 나는 좋아하는 음악 앞에선 기꺼이 눈물을 흘리는 사람이 된 것이다. 책 한 권을 읽고 난 후에도 그 줄거리나 주인공의 이름은 '기억'하지 못하지만, 시간이 오래 지난 후에도 그 책을 떠올리면 심장의 어떤 부분이 찌릿한 것은 내 몸에 그 책이 '기록'되어 있기 때문이다. 그 책을 읽었던 장소, 그때의 바람, 설렘 등은 도무지 잊혀지지 않는 것이다. 이건 마치 자전거 배우기와 같아서 한번 강렬하게 몸에 기록된 경험들은 어지간해서는 지워지지 않는다. 어쨌거나 누구나 뇌의 용량에는 한계가 있으니, 몸은 감정을 기록하는 일도 떠맡은 것처럼 보인다. 특히 내 몸은 유난히 나쁜 뇌 덕분에 유난히 고생이다.

'몸에 기록한다.'

이 문장 덕분에 나는 서른 살이 넘어 나의 기억력과 화해하였다. 더 이상 나는 내 기억력을 책망하지 않는다. 부끄러워하지도 않는다. 우리가 꼭 무언가를 기억하기 위해서 사는 건 아니니. 《죄와 벌》의 주인공 이름을 기억하지 못해도 나는 충분히 행복하니. 나는 기억을 잘하는 나보다 눈물이나 웃음이나 심장소리로 순간순간을 몸에 기록하는 나를 더 좋아한다. 그러니 이 책은 그 기록에 관한 기록이다. 경이로울 정도의 기억력을 가진 한 인간의 몸부림에 관한 기록이 될 것이다.

2015년 7월

김민철

차례

제4장

배우다 : 몸 의 기 록

제5장

쓰다 : 언 어 의 기 록

제1장

읽다 : 인 생 의 기 록

"이 책들 때문에 알지 못하던 세계로 연결되었다.
이 책들 때문에 인생의 계획을 바꾸기도 했다."

읽다

    독서 환경에 관해서라면 나는 삼면이 책으로 둘러싸인, 사시사철 넉넉한 읽을거리들이 쏟아지는 천혜의 환경에서 살고 있다. 단언컨대 이보다 더 좋은 환경이 없다.

    집은 거실 한 면이 모두 책장이고, 방 한 칸은 도서관처럼 방을 가로지르며 책장들이 있다. 침대는 옆에 책을 둘 수 있도록 특별히 제작한 것이다. 그리고 그곳에는 각종 책들이 겹쳐지고 쌓이고 어깨를 나란히 하며 365일을 지키고 있다. 일주일에 한 번쯤은 새 책들이 배달되어 온다. 종종 읽은 책을 정리해서 중고 장터에 내놓지만 새 책이 쌓이는 속도에 비해 그 속도가 턱없이 느려 우리 집에는 지금도 책이 계속 늘어나고 있다.

종종 서점에서 파격적인 세일을 할 때면, 누군가 추천해준 책, 살면서 한 번쯤은 읽어야 할 책, 인생의 필독서, 교양인의 바탕이 되는 책, 내가 좋아하는 작가의 데뷔작, 교과서에 나왔다는 이유로 제대로 읽어본 적이 없는 책, 모두가 읽었지만 왠지 나만 안 읽은 것 같은 책, 언젠가는 꼭 읽을 것 같은 책 등 각종 책이 각종 이유를 달고 결제되어 우리 집에 도착한다. 천혜의 환경이라는 내 말이 결코 과장이 아니다.

물리적인 환경뿐만이 아니라 인간관계적 환경에서도 나는 천혜의 환경을 누리고 있다. 남편은 아침에 눈을 뜨자마자 몸도 일으키지 않고, 안경도 끼지 않은 채로 침대 옆에 있는 책부터 펴는 사람이다. 책을 읽다 좋은 부분이 나오면 꼭 내게 읽어준다. 책을 다 읽고 난 후에도 그 책을 정리한 글을 써서 내가 읽을 수 있도록 해준다.

남편과 나의 책 취향은 꽤 다른 편인데, 내가 남편의 관심 분야에 무관심한 것과는 달리, 남편은 내 관심 분야에도 관심을 놓치지 않고 괜찮은 책이 나왔다는 말을 들으면 꼭 선물로 사서 준다. 간혹 내가 남편 분야에 관심을 보이면, 남편은 입문서부터 자신이 좋아하는 책까지 차근차근 선물해준다. 자부한다. 누구나 쉽게 가질 수 없는 책 친구를 나는 가지고 있다.

이 환경은 회사에서도 계속되는데, 10년 넘게 한 팀에서 일하고 있는 박웅현 팀장님은 좋았던 책이 있으면 꼭 권해주시고 훌륭한 길잡이가 되어주신다. 그분의 독서 책이 베스트셀러가 된 것은 결코 우연이 아니다. 남편에 비해 팀장님과는 관심 분야도 꽤 비슷하다. 그러다 보니 같은 시기에 같은 책을 읽게 되는 일이 한두 번이 아니다. 그리고 그때마다 팀장님과 나는 서로 읽고 좋았던 부분을 정리해서 교환한다. 신기하게도 같은 책을 읽고도 좋아하는 부분은 꽤나 달라서 팀장님이 내게 보내주시는 요약본을 보면 새롭게 그 책을 읽는 느낌까지 든다. 그뿐만이 아니라 좋은 책이 있으면 내게 무심하게 선물해주는 선배도 있고, 책 이야기로 술자리를 꽉 채울 수 있는 친구도 있고, 어쨌거나 인간관계적으로도 나는 천혜의 환경을 누리고 있다.

***

문제는 그 천혜의 환경 한가운데 내가 있다는 사실이다. 책에 대한 관심은 언제나 넘쳐나지만 기억력은 턱없이 달리는 내가. 《분노의 포도》를 팀장님이 읽으시곤 "그 대화가 중요한 것 같아. 가게 주인이 애들에게 사탕을 10센트에 두 개를 주잖아. 그때……(실제 어제의 대화다)"라고 대화를 할라치면 나는 멍한 눈으로 팀장님을 바라본다. 그럼 팀장님은 포기하지 않으시고 (그렇다. 위에 언급한 사람들 모두 나를 포기하지 않았다. 끈질기게도. 나는 이미 나를 포기했는데 말이다) 그 부분을 책에서 찾아 보여주시지만, 역시나 나는 곤란하다. 내게 그 책은 '어떤' 부분이 좋았던 책이라는 것만 기억날 뿐이다. 그러니까 '어떤'이 구체적으로 기억나는 것이 아니라, 막연하게, 희뿌연 구름처럼, 뭔가, 어딘가, 좋았던 부분이 있었던 것 같다는 느낌만 남아 있는 것이다.

하지만 수백 권의 책을 읽고 단 열 권도 기억하지 못하는 내가 가까스로 기억해내는 몇 권이 있다. 내게는 울림이 있었다. 이 책들 때문에 알지 못하던 세계로 연결되었다. 이 책들 때문에 인생의 계획을 바꾸기도 했다. 이 책들 때문에 회사 가는 일까지 즐거워졌던 아침이 있었다. 책의 구체적인 내용은 기억하지 못하더라도 그때의 나는 기억난다. 사람은 안 변한다지만 이 책들 덕분에 잠깐 동안이라도 변했던 나는 기억난다. 그게 내가 책에 대해 할 수 있는 말의 어쩌면 전부일 것이다.

Lyon, France 2013

"그때의 내가 궁금해서 다시 그 책을 읽는다.
그리고 완전히 새로운 책을 발견한다. 새로운 감정으로 줄을 긋는다."

영원히
새로운 책장

    왜 그런 원칙을 가지게 된 건지 근원은 알 수 없다. 나에게 그런 원칙을 가르쳐준 사람도 없었고, 그 원칙을 실천해 보인 사람도 없었다. 그런데 나는 어쩌다 그런 원칙을 가지게 된 걸까. 돈이 너무 없어서 그랬을 수도 있다. 돈도 없는데 모험 따윈 할 수 없다고 생각한 걸지도 모른다. 어쨌거나 나에겐 책에 관한 나만의 원칙이 있었다. '책은 도서관에서 빌려 보고, 정말 마음에 드는 경우에만 사는 거야'라는. 대학교 1학년 때였다.

그때 나는 사람들과 어울리는 것에 유난히 서툴렀고(지금도 그다지 나아지지 않았다), 우울이 유난히 잦게 찾아왔다. 그래서 나는 도서관에 갔다. 그냥 '갔다'라는 표현만으로는 부족하다. 얼마나 자주 갔느냐 하면 시험기간을 싫어할 정도였다. 시험기간엔 너무 많은 사람들이 도서관에 몰렸으니까. 모두가 도서관에만 있었으니까. 하지만 시험기간이 끝나고, 썰물처럼 사람들이 빠진 도서관을 나는 사랑했다. 그때는 도서관이 통째로 내 것이 되는 느낌이었으니까. 언제 가도 창가 자리는 비워져 있었고, 옆자리까지 넓게 쓸 수도 있었고, 시간도 공간도 마음도 여유로웠다. 시험기간이 아닌 도서관은 늘 그랬다.

매일 도서관에 가서 내가 하는 일은 그날의 수업 내용을 깨끗한 노트에 다시 옮겨 적는 일과 (왜 그런 쓸데없는 짓을 했느냐고 묻는다면, "모범생이었다."라는 답밖에 할 수 없다. 될 게 얼마나 없었으면 나는 대학생 때 모범생이 되었다. 한심하게도) 책을 빌려서 읽는 것이었다. 그냥 읽었다. 계속 읽었다. 그리고 그중에 정말 좋았던 책들만 인터넷으로 주문해서 책꽂이에 꽂아두었다. 한번 펼쳐보지도 않았다. 사면 책꽂이로 직행이었다.

오래된 한옥 문간방에 자리 잡은 내 자취방은 벽지부터 천장까지 한숨만 나왔다. 그 안에 들어앉은 내 물건들이라고 딱히 다른 건 아니었다. 책상은 엄마의 피아노 학원에서 쓰던 걸 택배로 받았었고,

이불도 이모네 집에서 얻어온 것이었고, 다른 모든 것들도 어디선가 구르다가 내게 도착했었다. 수건 하나까지 남루했다. 그 누더기 같은 방 안에서 유독 그 책들만이 티 없이 정갈했다. 지독하게 비현실적이었다. 그러나 계속 그런 식은 곤란했다. 관람객도 없는데 손때 하나 묻지 않은 소장품만 고집하는 것은 가난한 내게 불가능한 시스템이었다.

다음으로 선택한 방법은 책에 비닐을 씌우는 것이었다. 사자마자 깨끗한 비닐을 씌워서 조심조심 읽었다. 쫙 펼치지도 않았다. 줄도 긋지 않았다. 그러나 그 방법도 금방 한계를 드러냈다. 더운 자취방에서 비닐들은 서로서로 몸을 붙이기 시작했다. 더우면 떨어져야 시원해질 텐데. 비닐들은 무자비하게 서로의 몸을 더욱 밀착시켰다.

내가 진짜로 원한 건 싸구려 투명 비닐이 아니라 도서관의 불투명하고 약간 오돌토돌한 비닐이었다. 도서관 비닐의 촉감은 촉촉했고, 더위에도 고고했고, 고고한 만큼 비쌌고, 심지어 구하기도 힘들었다. 하루는 선배의 책이 도서관의 그 비닐로 포장되어 있길래, 이 비닐을 어디서 구했냐고 다그쳤더니 도서관에서 일할 때 약간 빼냈다는 구차한 대답을 돌려줬다. 나에게는 도서관의 인맥도 없고, 당장 밥을 사 먹을 돈도 급했으니 그 부유한 비닐은 비닐의 이데아로 남겨 둬야만 했다. 그렇게 책 포장의 시대도 별 성과 없이 막을 내렸다.

하지만 책을 깨끗하게 보고 싶다는 욕구는 계속되었고, 결국 마

알베르 카뮈, 《결혼, 여름》의 표식

음에 드는 구절에 어떻게 표시할 것인가, 라는 문제에 도착했다. 처음엔 종이 포스트잇을 붙였다. 그러다 내가 늘 포스트잇을 빼놓고 다닌다는 것을 깨닫고, 책의 여백에 작게 체크 표시를 하기 시작했다. 이 근처에 내가 좋아했던 부분이 있으니 그 부근에 오면 속도를 늦추고 찬찬히 읽으라는 신호였다. 그리고 그 방법은 아직도 내가 대부분의 경우 마음에 드는 구절을 표시할 때 쓰는 버릇이 되었다.

이 버릇을 전면적으로 금지했던 건 알베르 카뮈의 책을 읽을 때였다. 읽기 시작하자마자 내 인생의 책이 될 것이 틀림없는 그 책을 앞에 두고 나는 아주 오래 고민했다. 바보 같은 체크 표시 따위로 책을 더럽혀버릴 수가 없었다. 적어도 그 책에는 그러면 안 될 것 같았다. 뭔가 모르게 신성모독인 것 같았다. 그래서 가장 얇은 비닐 포스트잇을 사서, 밖으로 살짝만 튀어나오게 얇게 저미듯 붙였다. 다 붙이고 나니 그 자체가 하나의 볼거리가 되었다.

***

책을 대하는 태도로만 한 시대를 가를 수 있다면 나는 몇 시대를 살아온 셈이다. 그리고 그 모든 변화의 끝에 내가 도착한 땅은 물리적인 책에 무심한 땅이다. 이제는 카뮈 책에도 연필로 줄을 그을 줄 알게 되었다. 그 지경이니, 다른 책을 대하는 태도는 더 말할 것도 없다. 연필로 그었다가, 펜으로 그었다가, 파란색으로 그었다가 빨간색으로 체크를 했다가 그냥 닥치는 대로 표시한다. 게다가 잘 읽지도 않으면서 매일 이 가방 저 가방 열심히 옮기면서 꼭 들고 다닌다. 그러다 보니 며칠만 지나면 책이 엉망이 된다. 심지어 내 가방 안에서 계속 구르다 나온 존 버거의 책을 보고 남편은 이렇게 평하였다.

"지금 막 유물로 발굴한 책 같아."

아직 몇 장 읽지도 않은 책이었는데 말이다.

남편은 나와 달리 일관적이다. 늘 파란색 동아 0.4mm 펜으로 줄을 긋고 책 귀퉁이에 메모를 한다. 그리고 중요하다 생각하는 부분에는 가장 얇은 포스트잇을 붙인다. 다 읽고 난 후에는 책 앞에 짧게 읽은 날짜와 한 줄 소감을 쓴다. 요즘은 덜 열성적이지만 예전엔 책 윗면에 책도장도 찍었고, 내가 그토록 부러워하던 도서관의 비싼 비닐로 포장도 했었다. 그리고 단정하게 책꽂이에 꽂아둔다. 그리고 나는? 내 마음대로 남편의 소중한 책을 빼서 아무렇게나 읽고 굴러 다니는 펜으로 줄을 긋고 가방에 넣고 다니면서 엉망으로 만들어버린다.

앤 패디먼은 그의 책《서재 결혼 시키기》에서 이렇게 말한다.

몇 달 전 남편과 나는 드디어 책을 한데 섞기로 결정했다.

우리는 안 지 10년, 함께 산 지 6년, 결혼한 지 5년 된 사이였다.[1]

지독한 독서광인 그 부부는 각자의 책을 어떤 식으로 분류할 것인지, 어떤 순서로 꽂을 것인지, 가지고 있는 책이 중복될 때는 누구의 책을 보관할 것인지, 침대 머리맡 책꽂이에는 어떤 책이 꽂힐 자격이 있는지를 꼼꼼하게 의논하고, 끊임없이 부딪히며 서로의 서재를 합치는 그 신성한 의식에 골몰한다.

기본 규칙을 정한들 무슨 소용이 있을까. 우리는 곧 난관에 부딪혔는데, 내가 영국 문학은 연대순으로, 그러나 미국 문학은 저자 이름순으로 정리한다는 계획을 발표했기 때문이다. (…) 조지는 나와 결혼해 살면서 이혼을 심각하게 생각한 적은 거의 없는데 그때만은 달랐다고 했다.[2]

남편은 도서관처럼 방을 가로지르는 책꽂이들을 맞춤 제작해서 방을 가득 채웠고, 나는 거실 전면에 내 책꽂이를 배치해두었다. 우리의 서재 결혼시키기는? 전적으로 나의 독재다. 합의 따위는 필요

---

1. 앤 패디먼, 《서재 결혼 시키기》, 지호, 2002
2. 앤 패디먼, 《서재 결혼 시키기》, 지호, 2002

치 않다. 남편 책들 중에서도 예쁜 책이라면 무조건 내 책꽂이에 꽂아야 한다(슬램덩크 전집과 사진집들과 팝업북, 그리고 동화책들이 대표적인 예다). 내 책 중에서 안 예쁜 책들은? 당연히 남편 책꽂이로 직행이다(그 책들의 이름까지는 굳이 밝히지 않겠다). 그러니 어쩌면 나는 앤 패디먼의 기준에 따르면 '교통사고를 당해도 싼' 사람이다.

그 친구의 친구가 몇 달 동안 실내 장식업자한테 집을 빌려 주었는데, 집에 돌아와 보니 모든 책이 색깔과 크기를 기준으로 재정리되어 있더라는 것이다. 그 직후 실내 장식업자는 교통사고를 당했다고 한다. 솔직히 말하면, 그때 식탁에 앉아 그 이야기를 듣고 있던 사람들은 모두 그 사고가 인과응보라고 입을 모았다.[3]

어쩌다가 책이 더럽혀질까 봐 새 책을 사놓고 펼치지도 못하던 내가, 책에 작은 흠집도 내기 싫어서 포스트잇으로 얇게 저며서 붙이던 내가, 아무렇게나 줄을 긋고, 이곳저곳에 책을 던져두고, 책 내용이 아니라 책 표지의 미적 기준을 내세워서 꽂는 사람이 된 것일까. 내게 책은 더 이상 중요하지 않아진 것일까. 책은 내게 덜 절실

---

3. 앤 패디먼, 《서재 결혼 시키기》, 지호, 2002

집에 놀러 오는 사람들마다 놀라는 남편의 서재

해진 것일까.

한번은 남편을 따라 남편 선생님의 연구실에 간 적이 있다. 공부하는 분답게 연구실은 책으로 가득 차 있었다. 어릴 적부터 다른 사람의 집에 놀러 가면 가장 먼저 책꽂이부터 살피는 내 버릇에 따라 선생님의 책꽂이도 찬찬히 들여다보았다.

역사를 공부하시는 선생님이었지만 꽤 다양한 분야의 책들이 꽂혀 있었다. "이 책도 보셨나 봐. 이것 봐. 이 책도 있어."라고 말하며 두리번거리는 나에게 남편은 속삭였다. 마치 보물이라도 보여줄 것처럼.

"내가 신기한 책 하나 보여줄까?"

그리고 남편은 책 한 권을 꺼냈다. 한 번도 본 적이 없는 책이었다. 아니 수없이 본 책이었다. 우리 집에도 있는 책이었다. 《자본론》이었다. 그런데 책이 이상했다. 책이 아팠다. 두드려 맞은 것 같았다. 오랜 시간에 걸쳐, 갖은 방법을 통해 고문을 받은 사람의 모습을 책으로 재현한다면 그 모습일 것 같았다. 아니, 고문이라는 말은 정확하지 않다. 소중히 읽었다는 걸 딱 봐도 알 수 있었다. 소중히 한 글자 한 글자 쓰다듬으며 읽었다는 걸 누가 봐도 알 수 있었다. 얼마나 읽었으면, 얼마나 잘근잘근 씹으며 읽었으면, 얼마나 스스로를 다독이며, 좌절하며, 희망하며, 다시 좌절하며 읽었으면 책이 이럴까. 모든 장이 손때가 덧입혀져서 부풀어 있었다. 종이 한 장보다 손때의 두

께가 두꺼웠다. 제본은 이미 오래전에 떨어졌다. 하지만 다시 가다듬고, 다시 떨어지고, 다시 가다듬은 흔적들이 보였다. 너무 놀라서 아무 말도 나오지 않았다.

선생님은 도대체 어떤 시간을 산 것일까. 80년대에 대학교에 들어가서 경제학에서 사학으로 전공을 바꿀 수밖에 없었던 그 청년은 어떤 시간을 견딘 것일까. 언제나 정중하게, 언제나 웃으며 우리를 맞아주고, 말하기보다는 듣는 모습이 더 익숙한 선생님은 어떤 시간을 통과한 것일까. 아득했다. 몇 번 뵌 적도 없고, 오래 말해본 적도 없는 선생님이었지만 갑자기 선생님의 모든 시간을 다 본 것 같은 느낌이었다. 책 한 권이 그랬다. 글자 한 자도 읽어보지 않았지만 그 책은 모든 것을 제 몸으로 보여주고 있었다.

***

책은 무엇일까. 예전에 친구가 어떤 사람을 묘사하면서 이런 말을 했다.

"집에 갔더니 책꽂이에 문학 전집이 수백 권 꽂혀 있더라고. 시집도 전집으로 쫙. 어떤 사람인지 알겠지?"

나는 단박에 고개를 끄덕였다. 꿈꾼 적이 있었다. 저 문학 전집을 다 사서 집에 꽂아놓고 싶다고. 그럼 얼마나 행복할까 하고. 하지만 과연 전집을 가지고 싶다는 열망만큼 그 전집을 전부 읽고 싶다는 열망이 있었을까. 나는 아니라고 생각한다. 책에 대해 여러 시절을 살아온 지금, 나는 더 이상 책을 정갈하게 보는 것에 관심이 없다. 줄을 긋고, 생각을 메모하며 책을 못살게 굴고 싶다. 그렇게 못살게 굴어도 나는 그 책에 대해 아무것도 기억하지 못할 것이다. 어쩌면 그 책을 읽었다는 사실을 기억하는 것만으로도 다행이라 생각해야 할지도 모를 수준이니까.

대학생 때 이모에게서 걸려온 전화를 받았다. 이모는 다짜고짜 《로미오와 줄리엣》의 한 부분을 읽어주었다. 내겐 딱히 와 닿는 부분이 없는 한 구절이었다. 별다른 반응을 보이지 않는 내게 이모가 말했다.

"죽이지 않냐? 셰익스피어는 마흔이 넘어서 다시 읽으니까 진짜 좋네. 구절구절이 너무 좋아서 다 필사할 지경이야. 너는 어려서 모르겠지. 근데 진짜……!"

나는 셰익스피어를 읽었다, 라고 과연 말할 수 있을까? 나는 셰익스피어에 대해 무엇을 기억하고 있는가? 아무것도 없다. 읽었다는 사실만 기억한다. 그건 읽은 것일까? 마흔이 넘어 내게도 셰익스피어의 시간이 올까? 간절히 오기를 바랄 뿐이다. 어디 셰익스피어뿐이겠는가? 내 책장에는 언젠가 내가 새롭게 발견해주길 기다리는 책들로 가득하다. 도스토옙스키도, 톨스토이도, 카뮈도, 그 밖의 수

많은 작가들도 모두 숨죽여 기다리고 있다. 이미 거쳐 간 책들도 모두 자신의 시간을 숨죽여 다시 기다리고 있다. 그 책의 시간은 언제일까. 알 수 없다. 다만 사람과 책의 관계에도 때와 환경과 감정의 궁합이 맞는 순간이 있다는 사실을 알고 있다.

상상하는 시간이 있다. 조금 더 나이가 든 내가 책장 앞에 서서 어떤 책을 손 가는 대로 펼친다. 내 글씨를 발견한다. 내가 해둔 체크 표도 발견한다. 왜 그곳에 그런 메모를 해놓은 건지, 그 구절의 어떤 부분이 좋았길래 체크를 해놓은 건지 쉽사리 기억나지 않는다. 나도 기억하지 못하는 나를 거기에서 발견한다. 그때의 내가 궁금해서 다시 그 책을 읽는다. 그리고 완전히 새로운 책을 발견한다. 그리고 새로운 부분에 새로운 감정으로 줄을 긋는다. 그렇게 영원히 새로운 책을 발견해나가는 것이다. 어쩌면 이것은 내 유난한 기억력이 준 축복일지도 모른다.

"모든 독서는 기본적으로 오독이지 않을까?"

낭만적
오해

《존재와 시간》. 이런 책이 있다. 하이데거라는 독일 철학자의 책이다. 처음 듣는 사람도 있겠지만, 어쨌거나 매우 유명한 책이다. 유명한 책이니까 한번 읽어봐야지, 라고 쉽게 마음을 먹었다간 큰일 난다. 이건 기본적으로 읽으라고 쓴 책이 아니다.

철학 쪽에는 이런 책이 꽤 있다. 대표적으로 칸트의 《순수이성비판》이 그러하다. 고등학교 교과서에도 나오는 책이지만, 고등학교 선생님 중에서 이 책을 처음부터 끝까지 읽은 사람은 없을 것이라 확신한다. 졸면서, 무슨 말인지 모르면서 꾸역꾸역 읽은 사람조차 거의 없을 것이라 확신한다. 절대 우리의 잘못이 아니다. 그건 순전히 칸트의 잘못이다. 설상가상으로 번역서를 펼치면 한자가 반이다. 결과적으로 독일어로 된 칸트의 책도 한국어로 된 칸트의 책도 우리 능력 밖의 책이 된다. 뭐, 솔직히 말하면 칸트도 우리 같은 사람들이 읽으라고 그 책을 쓴 건 아니라고 생각한다. 《존재와 시간》도 마찬가지다. 당신을 깔봐서 이런 이야기를 하는 게 아니다. 이 책이 처음 독일에서 출판이 되었을 때, 이미 독일 사람들이 말했었다.

"진짜 대단한 책이야. 그런데…… 이 책, 언제 독일어로 번역이 되지?"

＊

지금은 믿을 수 없지만 나에겐 그런 때가 있었다. 대학생일 때, 그러니까 한창 공부를 열심히 할 때, 평생 철학을 공부해야겠다고 생각했을 때, 그때 나는 《존재와 시간》을 읽겠다고 매주 한국외국어대학교 선생님의 연구실에 찾아갔었다. 외대 앞의 낡은 건물에 있던 그 연구실에 주말이 되면 사람들이 예닐곱쯤 모였다. 모두 《존재와 시간》을 읽고 싶다는 불가해한 꿈을 지닌 사람들이었다. 그들을 상대로 선생님은 성실히 강의하셨다. 매주 두 시간 넘게. 돈도 안 받고. 한 문장을 읽고, 그 문장을 설명하고 그러다 보면 시간이 훌쩍 갔다.

한 페이지를 읽는 데 두 시간이 넘게 걸렸다. 그렇게 2년을 들었더니 진도는 겨우 200페이지를 넘기고 있었다.

어느 순간 철학도의 꿈을 접고, 나는 회사에 들어갔다. 무슨 생각이었을까? 나는 회사 책상 앞에 《존재와 시간》을 꽂아두었다. 수업할 때가 아니면 펴보지도 않던 그 책을. 선생님의 도움이 아니라면 한 문장도 이해할 수 없었던 그 책을.

어느 날, 퇴근을 준비하던 나는 가방에 《존재와 시간》을 챙겨 선생님의 연구실로 갔다. 몇 년이나 같이 공부하던 사람들인데, 몇 년이나 가르쳐주신 선생님인데, 회사에 들어갔다고 인사는 해야겠다는 생각이었다. 1년 만에 나타난 나를 사람들은 무척이나 반겨주었고, 나는 그냥 돌아서기가 머쓱해 오랜만에 수업에 참석했다. 1년 만에 책을 폈다. 그리고 기적이 펼쳐졌다.

내 이야기였다. 1년 넘게 이곳에 오지도 않고 방황을 했던 내 이야기가 그 책 속에 있었다. 50군데도 넘는 곳에 입사원서를 내고, 떨어지고, 연락 오는 곳은 한 군데도 없고, 울고, 남자친구와도 헤어지고, 그 와중에도 계속 원서를 내야 했던 나의 지난 시간이 고스란히 적혀 있었다. 어려운 말로 적혀 있었지만 나는 알 수 있었다. 내 이야기였다. 마치 이별 후에는 모든 노래 가사가 내 마음같이 느껴지는 경험과 비슷하달까? 어쩜 내 심정을 그대로 노래할 수 있을까 하는 심정으로 나는 하이데거의 《존재와 시간》을 읽어내려 갔다.

그런 경험은 처음이었다. 늘 어렵기만 했고, 늘 이해할 수 없었던 그 책이 드디어 내게 와락 안기는 기분이었다. 무려 《존재와 시간》이 나를 위로하고 있었다. 다른 책도 아니고 《존재와 시간》이 나를 위로하는 시간이 오다니. 오만해진 나는 속으로 생각했다.

'역시…… 경험의 폭이 넓어진 만큼 책이 읽히는구나.'

그러고는? 그걸로 끝이다. 《존재와 시간》은 다시 내 책꽂이에 감금되었다. 그리고 10년이 지났다.

***

하루는 남편과 이때의 경험을 이야기하다가 신이 나버려서 해서는 안 될 일을 해버렸다. 《존재와 시간》을 책꽂이에서 뽑은 것이다. 채 몇 장 넘기지 않고서 바로 깨달았다. 책을 뽑아서는 안 되는 일이었다. 그냥 아름다운 추억으로 간직했어야만 했다. 《존재와 시간》을 볼 때마다 흐뭇한 기분으로 '이 책과 내가 교감한 순간이 있었지. 암, 그런 순간이 있었지'라고 생각하고 지나쳤어야만 했다. 괜히 신나서 펼친 그 책의 문장을, 나는 단 하나도 이해할 수 없었다.

이럴 수는 없었다. 나는 다급하게 구원의 문장을 찾기 시작했다. 마지막 수업에서 나를 감동시켰던 그 페이지를 펼쳤다. 그리고 나는 맥이 탁 풀렸다. 구원의 문장은 없었다. 모조리 불가해한 문장들뿐이었다. 그러니까 10년 전 그날, 나를 그토록 감동시킨 그 부분을 살펴보자.

> 현존재는 그가 존재하는 한 언제나 이미, 또는 언제나 여전히 자신을 가능성에서부터 이해하고 있다. 이외에도 이해의 기획투사 성격은, 이해가 그리고 기획투사하는 그것을, 즉 가능성들을 그 자신은 주제로서 파악하지 않고 있음을 말한다. 그러한 주제적 파악은 기획투사된 것에서 바로 그것의 가능성의 성격을 빼앗으며 그것을 하나의 주어져 있는 의도된 사실 요소로 끌어내리는 데에 반해서, 기획투사는 기획투사함에서 자신을 위하여 가능성을 가능성으로 앞에 던지며 가능성을 존재하도록 해준다. 이해는 기획투사함으로서, 그 안에서 현존재가 가능성으로서의 그의 가능성으로 존재하는 현존재의 존재양식이다.[1]

하! 이 구절만 봐도 알 것이다. 읽으라고 쓴 책이 아니라는 내 말이 과장이 아니라는 것을. 10년 만에 다시 이 구절을 꺼내서 그때 내가 이 구절의 어떤 부분에 끌렸던 건지 열심히 찾았지만 아무리 봐

---

1. 마르틴 하이데거, 《존재와 시간》, 까치, 1998

도 알 수가 없었다. 마치 10년째 집 나가 있던 남편이 돌아와서 "우리 그래도 그때는 사랑했잖아."라고 말했을 때, 그 말을 듣는 아내의 기분이었다. 뭐라고? 우리가 사랑했었다고? 우리가? 언제? 내가 이 남자를? 이 남자의 어느 구석을?

그러니까 그날 밤 내가 '이해'했다고 믿는 문장은 어쩌면 나의 철저한 '오독'에서 비롯된 일일 수도 있다. 선생님의 설명은 안 듣고 내가 내 멋대로 해석하면서 내 세계에 빠져버렸기 때문에 일어난 일일 것이다. 그러나 모든 독서는 기본적으로 오독이지 않을까? 그리고 그 오독의 순간도 나에겐 소중할 수밖에 없다. 그 순간 그 책은 나와 교감했다는 이야기니까. 그 순간 그 책은 나만의 책이 되었다는 이야기니까. 그때 나를 성장시켰든, 나를 위로했든, 나에게 새로운 세상을 열어주었든, 그 책의 임무는 그때 끝난 거다.

지금 우리 집 책장에는 오독의 임무를 다한 책들이 다시 한 번 오독의 기회가 오기를, 오독의 기회조차 잡지 못한 책들은 제발 자신에게 오독의 기회가 오기를 기다리고 있다. 그런 책이 어느새 5톤에 달한다. 그 책들의 '존재'가 우리에게 다가오는 '시간'이 있을까? 아마도.

Lyon, France 2013

"소설을 읽으며, 사람을 배운다. 감정을 배운다."

각자의
진실

나는 역사치다. 음치, 박치가 존재하는 것처럼 분명 역사치도 존재한다. 공부를 못하는 편이 결코 아니었는데도 역사는 늘 거의 꼴찌였고, 수능에서도 역사 과목만 대참패였다. 아직도 기억난다. 수능시험을 볼 때 사회탐구영역의 1번 문제를 읽는 순간, 눈물이 훅 들어찼다. 문제조차 무슨 말인지 알 수 없었다. 역사 공부만 죽어라고 했는데 결과가 그랬다. 재수를 했을 때도 결과는 마찬가지였다.

그런데 무슨 오기였을까. 대학교 1학년 때 나는 덜컥 역사 과목을 수강신청했다. 하지만 결과는? 결연한 자세로 수업에 임했지만 성적은 D$^+$. 재수강도 하지 않았다. 그것보다 더 잘할 자신이 없었으므로. 나는 그 이후, 역사에 대한 마음을 완전히 접었다. 세상엔 해도 안 되는 일이 있는 거다. 그걸 뒤늦게나마 깨달은 것을 다행이라 해야 할까. 어쨌거나 나는 공인된 역사치가 되었다.

역사치가 결혼을 했다. 무슨 배짱이었을까. 상대는 역사 공부를 하는 남자였다. 누군가는 역사에 대한 나의 열등감이 빚어낸 결과라 분석했고, 누군가는 역사에 대한 이루어질 수 없는 짝사랑이 결국 결실을 맺은 거라 했다. 어쨌거나 나는 역사를 포기한 지 오래지만, 남편은 나를 포기하지 않은 것이 틀림없다. 종종 나에게 자신의 수업 내용을 알려주는 것을 보면. 끈질기게 잊어버리는 나에게 끈질기게 알려주는 것을 보면.

학기 초였다. 수업을 마치고 돌아온 남편이 상기된 얼굴로 내게 말했다.

"이제 첫 수업에서는 무조건 영화 〈라쇼몽〉을 보여주려고. 나는 오늘 여덟 번째 보는 거였는데, 그래도 또 새로운 게 보이더라고."

여덟 번이나 본 사람의 가이드에 따라 그 영화를 다시 봤다. 이보다 더 좋은 역사 텍스트가 없다 싶었다. '역사치도 인정한 역사 텍스트'라 말하면 아무도 신뢰하지 않겠지만.

＊＊＊

영화 〈라쇼몽〉과 같은 구성을 좋아한다. 하나의 사건에 대해서
등장인물 모두가 다르게 말하는 구성. 이 사람의 입장에서는 100퍼
센트의 진실이 다른 누군가에게는 30퍼센트 정도의 진실로 변해버
리는 구성. 하나의 사건에 대해 각자가 각자의 입장에서 각기 다른
이야기를 하고, 그 속에서 희미하게 빛나는 진실을 건져 올리는 방식
을 좋아한다. 남편은 그것이 역사가의 일이라고 생각하고, 나는 그
것이 소설가의 일이라 생각한다.

중학교 때 《제인 에어》를 좋아했다. 꽤 여러 번 읽은 기억이 있
다. 무뚝뚝한 로체스터와 제인 에어의 사랑은 여중생의 마음에 한
획을 긋기에 충분했다. 잊고 있었던 《제인 에어》에 대한 사랑에 불씨
를 되살린 건 BBC 드라마 〈제인 에어〉였다. 무뚝뚝한 로체스터가
제인 에어를 사랑하고, 제인 에어만을 향해 웃을 때 나는 뱃속까지
간지러웠다. 그 웃음을 보기 위해, 회사에서 밤새고 돌아와 침대에
누우면서도 노트북을 켰다. 몇 번이고 돌려봤다. 로체스터가 웃을
때마다 나는 가슴이 설레서 이불 속에서 발차기를 하다가 잠들었다.

〈라쇼몽〉 이야기를 하다가 왜 갑자기 《제인 에어》냐고? 책으로
도 드라마로도 몇 번이나 본 《제인 에어》에서 나는 단 한 번도 로
체스터의 부인에게 주의를 기울이지 않았다는 걸 말하기 위해서다.

《제인 에어》에서 그 여자의 역할은 분명했으니까. 제인 에어와 로체스터의 고귀한 사랑에 장애물이 되는 여자, 미친 이미지가 잘 어울리는 이국의 여자, 미쳐서 로체스터의 침대에 불을 지르는 여자, 그렇지만 속 깊은 로체스터기에 차마 버리지 못한 여자, 로체스터의 성에 갇히는 게 당연한 여자, 이미 분명한 역할이었기에 더 이상의 고민을 할 필요가 없는 여자였다.

하지만 한 소설가는 《제인 에어》를 읽고 분노한다. "단지 한쪽의 이야기일 뿐이잖아. 영국 쪽 말이야."라며. 그리고 그 소설가, 진 리스에 의해 완전히 새로운 소설이 탄생한다. 바로 로체스터의 부인이 주인공인 《광막한 사르가소 바다》의 탄생이다.

이제 내 사랑 로체스터는 완전히 다른 모습으로 등장한다. 로체스터에 가슴이 설렜던 내 자신이 혐오스러울 정도로 이기적이고, 계산적이고, 비열한 모습으로. 여자의 재산이 필요해, 여자에게 접근하는 남자의 모습으로. 그리고 그 당시 영국의 제도를 고려한다면 진 리스가 설정한 로체스터의 비열한 행위는 충분한 개연성이 있었다.

비슷한 방식의 책 읽기는 《로빈슨 크루소》와 《방드르디, 태평양의 끝》으로 이어졌다. 우리 모두가 알고 있는 것처럼 로빈슨 크루소는 무인도에 혼자 떨어져서도 절망하지 않는 사람이다. 무인도에서도 지금껏 우리가 쌓아온 문명을 그대로 살려내려고, 무인도에서도 하루하루를 기록하고, 달력을 만드는 사람이다. 황무지를 일구기 위해 삽을 만들고, 그 삽의 재료가 되는 나무를 베기 위해 톱을 만들고, 톱을 만들기 위한 기구를 만들기 위해 또 다른 기구를 고안하는 사람이다. 야생의 동물들을 길들이고, 밭을 일구고, 그렇게 일군 섬을 신에게 바치기를 주저하지 않는 로빈슨 크루소. 그 로빈슨 크루소에게 프라이데이는 복종한다. 한 치의 반항도 없이.

200년이 지난 후, 프랑스에서 프라이데이는 되살아난다. 완전히 새로운 방식으로. '금요일'이라는 뜻의 '프라이데이'를 불어로 바꾸면 '방드르디'. 미셸 투르니에는 《방드르디, 태평양의 끝》이라는 소설을 통해 '프라이데이'와 '방드르디' 사이의 아득한 거리만큼이나 다른 로빈슨 크루소를 창조한다.

《방드르디, 태평양의 끝》에서 로빈슨 크루소는 절망하는 사람이다. 절망에 부대껴 진창에서 며칠을 뒹굴다가, 문득 정신을 차리고 짐승보다는 인간이 되려고 애쓴다. 그러고는? 실패해버린다. 그리하여 문명의 무용함을 몸소 증명해버린다. 그 새로운 로빈슨 크루소 옆에 방드르디가 있다. 서양문명의 우월함을 가뿐히 비웃으면서. 땅보다는 태양에 매혹되어 아무렇지도 않게 옷을 벗어버리고, 미래를 계획하지 않고, 현재를 충실히 살아가는 방드르디. 나는 문명을 재창조하고, 결국 구조되는 로빈슨 크루소가 아니라 절망하고 진창을 뒹굴어버리며 그 순간순간을 살다가 결국 홀로 무인도에 남는 것을 선택하는 로빈슨 크루소에게 더 빠져들었다.

***

어떤 로빈슨 크루소가 더 진실에 가까운 인물인지는 알 수 없다. 과연 절대적인 진실이라는 게 존재하기나 할까 싶다. 그냥 각자의 진실이 존재하는 것일 뿐이다. 대니얼 디포의 《로빈슨 크루소》가 진실인 시대가 있었고, 미셸 투르니에의 《방드르디, 태평양의 끝》의 로빈슨 크루소가 진실인 시대가 있을 뿐이다. 그렇다면 《제인 에어》의 로체스터도, 《광막한 사르가소 바다》의 로체스터도 진실이 된다. 프라이데이도 방드르디도 진실이 된다.

생각해보면 당연한 일이다. 역사 교과서에 등장하는 사건만이 전부가 아니듯, 뉴스에 나오는 사건만이 오늘의 일이 아니듯, 소설 속 주인공의 진실만이 전부가 아니니까. 진실은 없거나, 혹은 별만큼이나 많은 것이니까. 그래서 누군가의 험담을 듣고 "한쪽 이야기만 들어서는 모르지."라고 말하며 균형을 잡는 사람이라면 신뢰를 하게 된다. 한쪽의 이야기를 듣고 다른 한쪽을 고스란히 평가하지 않기가 얼마나 힘든지 아니까. 아무리 해도 나는 잘 안 되니까.

그래서 나는 계속해서 소설을 읽는다. 소설을 읽으며, 현실에 존재하지 않는 사람들 사이에 일어나는 사건을 통해 막연하게나마 인간을 배운다. 감정을 배운다. 왜 그 사람이 그렇게 행동할 수밖에 없는 것인지, 왜 그런 판단을 내릴 수밖에 없는 것인지, 왜 분노하지 않는 것인지, 왜 그렇게 격한 반응을 보이는 것인지, 왜 나와는 다른지, 왜 나와는 다른 선택으로 다른 삶을 살 수밖에 없는지 짚어간다. 현실 속에서 사람들을 만날 때는 희박한 이해의 가능성을 소설을 통해서 약간이나마 늘릴 수 있지 않을까 소망하면서 읽는다. 어쨌거나 나는 카피라이터니까.

신입사원 때 자동차 광고 카피를 써야 한다는 말을 듣고 팀장님에게 이렇게 말했다.

"저는 운전면허증도 없는데요?"

그때 팀장님이 뭐라 대답하셨는지는 잘 생각나지 않는다. 하지만 나의 그 어리석은 질문만은 똑똑히 기억난다. 도대체 무슨 생각이었던 걸까, 나는. 카피라이터는 자꾸 다른 사람이 되어야 하는 직업인데. 운전면허증도 없지만 자동차 헤드라이트 모양 하나 바뀐 것에 열광하는 사람이 되어야 하고, 미혼 카피라이터는 깐깐하게 분유를 고르는 엄마가 되어야 한다. 20대 카피라이터가 60대 노모가 되어 아들에게 보내는 편지를 쓸 수 있어야 한다. 남자들이 여자 속옷에 관한 아이디어를 내기도 하고, 50대 팀장님이 모바일 게임 아이디어를 내기도 한다.

그건 일종의 거짓말이 아니냐는 이야기를 종종 듣기도 한다. 하지만 그렇게 단순하게 판단할 문제는 아니라고 생각한다. 자동차를 가장 잘 아는 사람이 자동차에 대한 가장 좋은 광고를 만들 수 있는

Paris, France 2013

건 아니니까. 잘 알지 못하기 때문에 때론 단숨에 핵심에 도달하기도 하고, 잘 알지 못하기 때문에 그 장점을 부각시킬 수 있는 최선의 아이디어를 생각해내기도 하는 것이다. 최근엔 하나에 2만 원이나 하는 사과를 사 먹는 사람들을 위한 카피를 써야만 했다. 다시 한 번 스스로에게 말해주었다. 내가 이해할 수 없어도, 내가 껴안을 순 없어도, 각자에겐 각자의 삶이 있는 법이다.

소설책을 편다. 거기 다른 사람이 있다. 거기 다른 진실들이 있다. 각자에게 각자의 진실을 돌려주려면 책을 읽을 수밖에 없다. 좁고 좁은 내가 카피라이터로 살아가기 위해서는 그럴 수밖에 없다. 적어도 나는 그렇다.

"아무리 원망을 하고 있어봤자 바뀔 건 아무것도 없었다.
오직 바꿀 수 있는 건 이 일을 받아들이는 나의 태도였다."

비극이 알려준
긍정의 태도

신혼여행 비행기를 놓쳤다.

말 그대로다. 비행기를 놓쳤다. 그것도 신혼여행에서. 우리 둘의 첫 여행에서, 비행기를 놓쳤다. 우리의 목적지는 아일랜드. 아일랜드는 '맥주, 펍, 기네스' 이 세 단어만으로 우리를 단숨에 유혹했다. 직항은 없었다. 러시아를 거쳐 런던에 도착한 다음, 하룻밤 자고 아일랜드로 건너간다는 계획을 세웠다. 무려 6개월 동안 그 계획에 맞춰 모든 걸 준비했다. 결혼식은 생략 가능한 모든 것을 생략하면서 대충대충 해치웠지만, 신혼여행만은 정반대였다. 조금의 오류도 없이, 조금의 생략도 없이 꼼꼼히 준비했다. 그리고 마침내 결혼식이 끝났다. 드디어 신혼여행의 시작이었다.

　돈을 아끼기 위해 악명 높은 러시아 항공을 탔다. 그마저도 러시아 땅에 언제 발을 찍어보겠냐며 즐겁게 넘겼다. 우리의 신혼여행은 이제 막 시작되었으니까. 밤늦게 런던에 도착해서도 당황하지 않았다. 무사히 호텔에 도착해서 하룻밤을 자고 다시 길을 나섰다. 이제 다시 비행기를 타고 아일랜드로 날아가기만 하면 되는 일이었다. 어떤 변수가 있을지 모르니 우리는 일찍 공항으로 출발했다. 타고난 준비쟁이인 나는 한국에서 공항버스 티켓까지 미리 사서 갔다. 공항버스가 도착했다. 제일 앞에 서 있다가 당당하게 버스 기사 아저씨에게 티켓을 내밀었다. 그는 내 티켓을 유심히 보더니 우리를 태워주고, 우리 짐도 실어줬다. 아무런 문제가 없었다. 무슨 문제가 있겠는가. 이제 이 버스를 타고 공항에 도착해서 느긋하게 수속을 밟고 비행기만 타면 될 일이었다.

　나는 마음을 푹 놓았다. 수다를 떨기 시작했다. 아는 표지판만 나오면 이 동네는 뭐가 유명하고, 펑크족들이 유난히 많이 모인다더라, 한때 잘나갔던 동네라더라, 끊임없이 남편에게 이야기를 하며 즐거워했다. 그러다가 공항 표지판을 봤다. 처음엔 아니겠지, 생각했다. 우선은 말수를 좀 줄였다. 버스는 도시를 빠져나가 고속도로를 타기 시작했다. 공항표지판은 더 많이 나오기 시작했다.

그런데, 뭔가 이상했다. 이상해도 많이 이상했다. 런던에는 공항이 총 네 개. 우리나라에서 런던으로 날아가면 반드시 거치게 되는 히드로 공항을 제외하고도 세 개가 더 있었다. 그리고 아일랜드로 가는 비행기가 출발하는 곳은 루턴(Luton) 공항이었다. 그런데 내 눈앞에 보이는 공항표지판에는 스탠스테드(Stansted) 공항이라고만 적혀 있었다. 식은땀이 나기 시작했다. 설마, 라는 마음이 간절했다. 버스 기사 쪽으로 고개를 내밀고 물었다.

"이거 루턴 공항 가는 버스 맞죠?"

"아뇨. 스탠스테드 공항으로 가는 버스예요. 루턴 공항 가는 버스는 하얀색 큰 버스예요."

"뭐라고요? 아까 아저씨가 제 티켓 확인했잖아요. 한참이나 봤잖아요. 그때 왜 말을 안 했어요?"

아저씨는 잠시 입을 다물었다. 그도 당황하고 있었다. 우리의 잘못도 있었지만, 표를 꼼꼼히 확인 안 한 그에게도 책임이 있었던 것이다. 잠시 후 그가 말했다.

"몇 시 비행기에요?"

"1시간 반 후에 출발하는 비행기에요."

"아, 이 버스는 스탠스테드 공항에 20분 안에 도착해요. 그럼 바로 루턴 공항으로 가는 버스를 타세요. 40분 만에 도착할 거예요."

"그럼 우리가 비행기를 탈 수 있다는 건가요?"

"네."

괜찮다는 대답을 들었지만, 불안했다. 하지만 달리는 버스 안에서 우리가 할 수 있는 일이라고는 아무것도 없었다. 스탠스테드 공항에 도착하자마자 우리는 버스 회사로 달려가서 루턴 공항으로 가는 티켓을 샀다. 두 명의 티켓 가격이 거의 5만 원. 하지만 어쩌겠는가? 우리는 시간 안에 가야만 했다. 버스는 바로 출발했지만, 기사 아저씨가 말한 40분이 지나서도 계속해서 알 수 없는 고속도로와 소도시들을 지나고 있었다. 시계만 계속 보며 달달 떨다가, 결국 포기했다. 우리는 비행기를 놓치고 만 것이다.

4시 15분. 공항에 도착했다. 이미 비행기는 15분 전에 출발했다. 저가항공이라 환불 시스템도 없었다. 게다가 우리가 가는 곳은 동쪽 더블린 공항도 아닌 서쪽의 골웨이 공항. 런던에서 골웨이로 가는 비행기는 하루 두 대뿐이었고, 다음 비행기는 저녁 9시 반이었다. 아니, 아무것도 없는 공항에서 기다리는 건 둘째 문제였다. 문제는, 평소에는 무척이나 싼 저가항공이지만 직전에 표를 사게 되면 가격은 천정부지로 치솟는다는 것이다. 그리하여 밤 9시 반에 출발하는 그 비행기 가격은 무려……

76만 원.

눈물이 핑 돌았다. 우리는 결국 아일랜드를 비싼 돈을 주고 갈 운명이었던가. 처음 비행기를 잘못 예약해서 낸 수수료 30만 원, 놓친 비행기 값 20만 원, 공항을 오가면서 쓴 버스 값 10만 원, 그리고 여기서 80만 원 정도 내면서 표를 산다면 런던에서 아일랜드로 가는 90분 편도 비행을 위해 우리는 무려 140만 원을 쓰게 되는 셈이었다. 돈 좀 아끼겠다고 한국과 런던 왕복 티켓도 둘이 합쳐서, 텍스까지 합쳐서 140만 원에 끊은 우리였다. 하지만 어쩌겠는가? 당장 오늘 밤부터 런던에서 우리가 묵을 곳은 없었다. 아직 한 번도 가보지 못한 골웨이에는 우리가 묵을 곳이 이미 예약되어 있었지만.

"그래, 가자."

"응. 그 방법밖에 없어."

비행기 표를 샀다. 그리고 바로 아일랜드의 숙소에 전화를 걸었다. 우리가 비행기를 놓치는 바람에 9시 체크인 시간까지는 못 갈 것 같다고. 11시가 넘어야 할 것 같다고 양해를 구했다. 아일랜드 주인장은 우리의 사정을 딱해하며 늦어도 괜찮다며 우리를 안심시켰다. 거듭 미안하다고 말하고 전화를 끊었다.

그러고 나니 한 톨의 기운도 남지 않았다. 보기만 해도 엉덩이가 아파오는 공항의자에 주저앉았다. 커피 한 잔 살 돈까지 털린 기분이었다. 바로 눈앞에 펍이 있었지만 우리는 그런 곳에 들어가 비싼 맥주를 마실 자격이 없었다. 비행기도 놓친 주제에 맥주는 무슨 맥주. 커피는 무슨 커피. 둘 다 저기압 상태로 돌입했다. 입을 꾹 다물고 한마디도 하지 않았다. 시간도 덩달아 저기압으로 흘러갔다. 천천히 느릿느릿. 하지만 내 머릿속은 그렇지 않았다.

별의별 생각들이 초광속으로 흘러갔다. 처음엔 돈이 아까웠다. 전체 여행 예산부터 시작해서 가져온 현금까지 머릿속으로 다시 계산했다. 아무리 계산해도 답은 같았다. 어쩔 수 없다. 어쩔 수 없다. 어.쩔.수.없.다. 돈은 이미 내 손을 떠났고, 내가 어떻게 할 수 있는 건 아무것도 없었다. 답도 안 바뀌는 계산은 그만두기로 했다. 그다음부턴 속상함이 밀려왔다. 처음엔 찰랑찰랑. 갈수록 출렁출렁. 믿을 수가 없었다. 시작부터 이토록 틀어져버리다니. 그래도 신혼여행인데. 우리 둘이 떠난 첫 여행인데. 어떻게 준비한 여행인데. 마치 다른 삶 하나를 준비하는 것처럼 모든 책과 인터넷을 그토록 뒤지며 준비했는데, 이제 겨우 도착했는데, 기껏 버스 하나 잘못 탔다고 이렇게까지 취약하게 무너져버리다니. 고작 이 정도였나.

모든 자책과 원망의 시간이 지날수록 나는 차츰 이성의 끈을 붙들기 시작했다. 그리고 문득 어떤 책의 한 구절이 생각났다. 아니 정확하게 말하자면 나를 구하기 위해 그 구절이 나에게 온 것이다. 나의 어처구니없는 기억력에도 불구하고 기어이 그 구절이 나에게 도착한 것이다.

일어날 객관적 사태는 이미 정해져 있습니다. 아직 정해지지 않은 것은 단지 그 운명을 받아들이는 나의 주관적 태도일

뿐입니다. 나는 다만 내가 어쩔 수 없는 운명 앞에서 나 자신
의 주관적 태도를 고상하게 만들 수 있을 뿐인 것입니다.[1]

대학교 3학년 여름방학 때 그리스 비극에 관한 수업을 들은 적이
있었다. 소포클레스니 에우리피데스니 전혀 관심이 없던 고대 그리
스 극작가들에게 왜 갑자기 관심이 생겼던 건지는 기억나지 않는다.
다만 그 수업에서 기억나는 것은 당혹감이다.

도대체 이것은 왜 비극인가. 아니, 이 비극을 통해 나는 무엇을
배워야 하는가. 나는 알 수가 없었다. 친아버지를 죽이고 친어머니
와 결혼을 할 운명을 지니고 태어난 오이디푸스에게서 나는 무엇을
느껴야 하는가. 결국 그 운명대로 모든 것이 되었다는 걸 깨닫자마
자 자신의 눈을 뽑아버린 오이디푸스. 인간이 아무리 애를 쓰고, 그
운명으로부터 도망을 쳐도 결국은 운명대로 될 수밖에 없다는 그 좌
절감 앞에서 나는 어떤 교훈을 얻어야 하는 것인가. 왜 고대 그리스
가 가장 융성했던 시기에 그들은 비극을 쓰고, 공연하고, 그것에 열
광했을까. 왜 그 빛의 한가운데에서 어둠을 상상했던 것일까.

비극의 주인공들은 하나같이 이해되지 않았다. 다만 그들 모두
의 태도는 같았다. 결코 운명 앞에서 구차하지 않았다. 낙담하거나

1. 김상봉, 《그리스 비극에 대한 편지》, 한길사, 2003

체념하지도 않았다. 끝까지 의연했다. 바뀔 수 있는 것은 어차피 아무것도 없었다. '운명'이라 그러지 않는가. 신들조차 바꿀 수 없는, 합리적으로 이해되지 않지만 나에게 주어진 나의 '운명'.

그들은 비극적인 운명을 바꾸려 하지 않았다. 다만 그 운명 앞에서 얼마나 고귀하게 사는가, 그리고 얼마나 용감하게 죽느냐, 라는 태도를 보여주려고 했던 것이었다. 물론 비행기를 놓친 나의 하찮은 비극을 감히, 그리스 비극 속의 '신화적이고 전설적인 영웅'까지 불러와서 비교할 순 없겠지만 어쨌거나 그때 나에게 이 구절이 다가왔다.

***

그렇다. 사건은 이미 종결되었다. 아무리 원망을 하고 있어봤자 바뀔 건 아무것도 없었다. 이것이 나의 바꿀 수 없는 운명이었다. 오직 바꿀 수 있는 건 이 일을 받아들이는 나의 태도였다. 나는 내 여행을 지켜야 했다. 모든 불안과 의심과 절망으로부터 지켜야 했다. 여행은 아직 제대로 시작하지도 않았는데, 도대체 누가 무슨 권리로 내 여행을 박살내버리려 한다는 말인가. 그럴 순 없었다. 그렇게 내버려둘 순 없었다. 다른 누구의 여행이 아닌 나의 여행이었다. 우리의 여행이었다. 우리가 기운을 차려야 했다.

우선 나보다 더 저기압인 남편을 일으켜 세웠다. 밥을 먹었다.

맛이 없어도 꾸역꾸역 먹었다.

"더럽게 비싸고 더럽게 맛없네. 역시 영국이야."

일부러 더 크게 욕했다. 한국말로 욕해도 어차피 아무도 못 알아들으니. 그러고는 신기한 물건 따위는 있을 리 없는 공항 안 매점을 구경했다. 한국에도 파는 껌을 사고, 한국에서는 더 싸게 파는 챕스틱을 샀다. 뭐라도 해야 했다. 이 여행을 지키기 위해. 정상궤도에 올려놓기 위해. 억지로 웃었고, 억지로 기운을 냈다. 보란 듯이. 이만큼 당해줬으니 지금부터의 여행에서는 나한테 이러면 가만히 안 돼, 라고 누군가에게 선전포고 하듯이. 그렇게 우리는 140만 원이나 내고 프로펠러가 달린 총 좌석수가 40개 정도밖에 안 되는 아일랜드 비행기에 올랐다. 마치 보약을 사는 심정으로 위스키 한 병을 면세점에서 사들고.

숙소에 도착하자마자 우리는 길게 한숨을 쉬었다. 잘 마시지도 못하는 위스키를 몇 잔이나 들이켜고 바로 잤다. 그리고 다음 날 아침, 나는 창밖을 내다보고 상기된 얼굴로 크게 한숨을 들이쉬었다.

마침내, 우리가, 아일랜드에, 왔구나.

Galway, Ireland 2010

Aran island, Ireland 2010

"엄마, 나는 내가 검은 건반이라서 좋아."

그냥 그렇게
태어나는 것

빵집 아들의 운명은 도넛이다. 그렇기에 늘 텅 비어 있고, 그 텅 빈 부분을 채우기 위해 살 수밖에 없다. 그것이 김연수 작가의 깨달음이었다.

《청춘의 문장들》에서 그 구절을 읽는 순간 갑자기 나는 나의 운명을 깨달았다. 나는 검은 건반이었다. 마음 어딘가에 늘 어두운 부분이 있고, 그 부분을 밝히기 위해 살아갈 수밖에 없는 운명. 아무리 해도 천성 저 바닥 밑까지 밝은 빛이 어리기엔 나는 좀 많이 어둡고 어느 정도는 불협화음과 같은 존재였다. 누군가가 도와줄 수 있는 일도 아니었다. 나도 나를 도울 수 없었다. 태어나길 검은 건반으로 태어났는데, 별 다른 도리가 있겠는가. 그것이 피아노 선생님의 딸로서 얻을 수 있는 최대의 깨달음이었다. 나는 검은 건반이었다.

도넛으로 태어난 사람이 있고, 검은 건반으로 태어난 사람이 있는 법이다. 칠판으로 태어난 사람이 있고, 스피커로 태어난 사람도 있고, 계산기로 태어난 사람도 있는 법이다. 도마로, 붓으로, 자동차로, 전화기로, 옷으로 태어난 사람도 있는 법이다. 없으란 법이 어디 있는가? 옅은 파마약 냄새가 평생 따라다닌 사람도 있을 것이고, 분가루를 얼굴에 바르는 것처럼 밀가루를 옅게 온몸에 붙이고 사는 사람도 있을 것이다.

이건 본인이 선택할 수 있는 문제가 아니다. 그냥 그렇게 태어나는 것이다. 도망칠 수도 없다. 아빠처럼은 살지 않을 거라고 젊은 시절 내내 소리를 질렀지만 어느새 거울을 보면 아빠와 똑닮은 자신을 발견하게 되는 것과 같은 이치다. 그냥 그렇게 태어나는 것이고, 받아들일 수밖에 없는 것이다.

***

다행이었다. 너무 늦지 않게 이런 깨달음을 얻은 것은. 몰라서 평생 헤매는 것보다, 조금이라도 일찍 깨닫고 그 사실을 직시하는 편이 나았다. 그래서 내가 이유 없이 지치는 것이었다. 남들은 다 즐거울 수 있는 순간에도 혼자 억지웃음을 짓고 있는 것이었다. 괜히 사람들이 있는 곳은 피하는 것이었다. 혼자 있는 것이 마음 편한 것이었다. 밖이 불편한 것이었다. 어두운 책에 안도감을 느끼는 것이었다. 밝고 희망찬 책에는 왠지 모를 불신이 생기는 것이었다. 내가 아는 세상은 결코 그렇게 따뜻하고 밝고 희망차지 않으니까. 햇빛은 피하게 되고, 흐린 날이 되어서야 기분이 좋은 것도 같은 이치일지도 모르는 일이었다. 나는 검은 건반이니까. 아무리 해도 그건 피할 수 없는 운명인 거니까.

지쳐버린 어느 날 그 깨달음을 홈페이지에 써뒀다. 써놓고 나니 왠지 유쾌해졌다. 어쩔 수 없지 않은가. 그냥 내가 그렇게 생겨 먹은 걸. 그리고 그냥 잊어버렸다. 엄마가 내 홈페이지에 수시로 들락거린다는 사실도 잊어버렸다.

다음 날 평소처럼 출근하고 있는 내게 엄마가 문자를 보내왔다. 검은 건반 딸에게 피아노 선생님인 엄마가 문자를 보내왔다.

'검은 건반으로만 치는 쇼팽의 〈흑건〉은 너무 화려하고 멋진 곡이야. 파이팅!'

피식 웃는데 눈이 살짝 부풀어 오른다. 엄마는 걱정이 되었던 것이다. 어쩌면 본인의 책임이라고 느낀 걸지도 모른다. 그건 엄마도 어쩔 수 없는 일이었을 텐데. 절대 엄마 잘못이 아닌데. 어쩌다 검은 건반으로 태어난 것인데. 흰 건반으로도 메트로놈으로도 악보로도 베토벤의 음악으로도 모차르트의 음악으로도 태어날 수도 있었던 일이고, 그건 엄마도 나도 선택할 수 있는 일이 아닌데. 괜히 그 글을 써서 엄마를 걱정시킨 거다, 나는.

나는 답장을 보낸다.

'엄마, 나는 내가 검은 건반이라서 좋아.'

Lyon, France 2013

"봄이 어디 있는지 짚신이 닳도록 돌아다녔건만,
돌아와 보니 봄은 우리 집 매화나무 가지에 걸려 있었다."

일상에 대한
최소한의 예의

자신에게 맡겨진 시간 안에서, 일상적인 세계의 일상적인 업무에 불후의 생명력을 불어넣을 것 같지 않은 그런 인물에게는, 진실이 어울리지 않는다.[1]

그렇다면 나는 일상을 살아가야만 한다.

---

1. 마이클 커닝햄, 《세월》, 비채, 2012

그 일상은 바람이 살랑 부는 노천카페에서의 커피가 아닌, 한낮 줄을 서서 기다려야 먹을 수 있는 회사 앞 식당의 점심 속에 있다. 그 일상은 스탠드 불 하나 켜놓고 밤새워 쓰는 글이 아니라 창백한 형광등 빛 아래에서 작성하는 문서 안에 있고, 잘 포장된 초콜릿이 아니라 입 냄새를 없애기 위해 사는 껌 속에 있다. 보고 싶은 책보다는 봐야만 하는 서류 더미에 더 많이 할애된 일상, 좋아하는 사람과의 친밀한 소통보다는 의무적으로 만나야만 하는 사람들과의 대화에 더 많이 소모되는 일상, 갓 갈아낸 자몽주스보다는 믹스커피에 더 친숙함을 느끼는 것이 어쨌거나 일상이다.

그럼에도 불구하고 나는 일상을 살아가야만 한다.

야근을 해도 아침에 일어나야만 하고, 먹고 싶지 않아도 12시만 되면 밥을 먹어야 한다. 짬을 내어 누군가를 만나야만 하며, 보고 싶지 않은 얼굴들과 마주 앉아 몇 시간이고 회의를 해야 한다. 지금 하고 싶지 않아도 '지금' 일을 해야 하며, 지금은 그 일을 하고 싶지 않아도 지금은 '그' 일을 해야 한다. 채워지는 것과 동시에 비어버리는 월급 통장에 약간의 기대를 해야 하고, 또 곧바로 실망을 해야 한다. 좋아하는 술을 앞에 두고도 누군가의 지겨운 이야기를 끝없이 들어야 하고, 노래방에 끌려가서 부르기 싫은 노래를 불러야 한다. 그것이 나의 일상이기 때문에.

그러니 나는 다른 일상을 꿈꾼다.

여행이 일상이 되는 것을 꿈꾼다. 아침 바게트가 일상이 되고, 노천 카페가 일상이 되고, 밤새워 쓰는 글이, 퐁피두 센터가, 세비야의 햇살이, 라인강변을 따라 달리는 기차가, 렘브란트의 그림이, 고흐의 그림이 일상이 되는 것을 꿈꾼다. 먹고 싶을 때 먹고, 자고 싶을 때 자고, 모든 하루가 내 손에 고스란히 달려 있으며 떠나고 싶을 때 언제든 떠날 수 있는 생활이 일상이 되길 꿈꾼다. 파리가 일상이 되길 꿈꾼다.

그러나 나의 일상은, 지금, 이곳에, 있다.

그러니 나는 잠시 짬을 내어 마시는 커피에 한숨을 돌리고, 학원에 가는 길에서 새벽이슬에 젖은 나무들에 감사하고, 회사 난간에 서서 저녁노을에 먹먹해진 가슴을 느껴야 한다. 누군가가 내 아이디어가 좋다고 말해줄 때 진심으로 웃을 수 있어야 하며, 내가 쓴 글이 아니다 싶을 땐 다시 쓸 열정을 가져야만 한다. 바람의 서늘함에 옷깃을 여미며 가을을 느껴야 하고, 흘러내리는 땀방울이 지긋지긋하지

Paris, France 2009

만 여름을 만끽해야만 한다. 나란히 앉아서 그 사람과 마시는 맥주에 행복을 느끼고, 그 사람의 눈빛 속에서 다시 나를 찾아, 다시 일상을 꾸려 나갈 힘을 얻어야 한다. 그래야만 한다. 그것이 나의 일상이기 때문이다. 여행은 일상이 될 수 없기 때문이다. 꿈꾸는 그곳은 이곳이 아니기 때문이다. 이곳에서, 지금, 만족스럽지 못하다면, 그곳에서도, 그때, 불만족스러울 것이다. 매일 먹는 바게트가 지겨울 테고, 대화할 상대가 없는 일상의 외로움에 몸서리칠지도 모른다는 이야기다. 그땐 그것이 또, 일상이 되기 때문이다. 그러니 나의 의무는, 지금, 이곳이다. 내 일상에 생명력을 불어넣는 것, 그것을 내 것으로 만드는 것, 그리하여 이 일상을 무화(無化)시켜버리지 않는 것, 그것이 나의 의무이다.

그것이 스물여덟 청춘, 내 일상에 대한 최소한의 예의다.

***

때론 책이 우리를 구원한다. 책은 전혀 그럴 의도가 없었다고 말할지도 모르겠지만, 우리는 책으로 구원받는다. 드물지만 그런 일이 일어나곤 한다. 귀하게도. 고맙게도.

스물여덟 살, 회사를 그만두고 파리로 가겠다며 회사 책상 앞에 파리 지도를 붙였다. 그러면 갈 수 있을 줄 알았다. 곧 갈 수 있다 믿었다. 하지만 '곧'이란 시간은 도무지 오지 않았고, '파리'도 도무지 가까워지지 않았다. 그때부터는 하루하루 버티는 시간이었다. 당장 떠날 용기도 없으면서, 정말 거기에 가면 모든 것이 해결되는 것도 아닌데 나는 막연한 꿈을 꾸며 하루하루를 버티고 있었다. 그렇게 매일을 버티다 보니 나중에는 내가 무엇을 위해 버티는지도 잊어버렸다. 어느새 내가, 내 청춘이, 내 일상이 불쌍해지고 있었다.

그러니 그건 나였다. 내 일상을 망치고 있는 것은. 내가 범인이었다. 멀리서 찾을 필요도 없었다. 회사도 범인이 아니었고, 야근도 범인이 아니었다. 물론 파리도 범인이 아니었다. 내가 나를 불쌍하게 만들고 있었다. 마이클 커닝햄의 이 구절이 내게 그 사실을 일깨워주었다. 나를 구원할 의무는 나에게 있었다. 매일은 오롯이 내 책임이었다. 그 깨달음에 앞의 글을 써내려갔다. 그리고 무뎌질 때마다 내가 쓴 이 기이한 반성문을 다시 꺼내 읽었다. 읽고 읽고 또 읽었다. 나에 대한 예의를 지키기 위해.

아직도 회사 책상 앞에는 파리 지도가 붙어 있다. 하지만 이제는 그 위에 종이 한 장이 더 붙어 있다. 파리로 붕붕 떠다니는 내 마음을 알고, 어느 날 박웅현 팀장님이 나에게 써주신 글귀다. 이제는 반성문 대신 이 글귀를 읽는다. 서른여섯 살에도 마음은 시도 때도 없이 붕붕 떠다니니까.

봄이 어디 있는지 짚신이 닳도록 돌아다녔건만,

돌아와 보니 봄은 우리 집 매화나무 가지에 걸려 있었다.

– 중국의 시

"일상에 매몰되지 않는 것. 의식의 끈을 놓지 않는 것.
항상 깨어 있는 것. 내가 나의 주인이 되는 것."

지금,
여기서 행복할 것

회사를 그만둬야 한다는 걸 알아버렸다. 생각해본 것도 아니고, 결심을 한 것도 아니고 그냥 '알아버렸다'. 출근길 광역버스 안에 매달려 있던 더없이 칙칙한 쑥색 커튼 때문이었다. 며칠째 계속 야근을 하고, 귀신처럼 일어나 출근 버스를 탔을 뿐이었다. 버스 안에서라도 모자란 잠을 보충하려고 무심결에 커튼을 치던 찰나, 그 쑥색 커튼이 눈에 들어왔다. 그때 회사를 그만둬야 한다는 걸 알아버렸다. 2년 후에도 이 쑥색 커튼을 치고 있다면 내 인생은 그걸로 끝장이다, 라는 생각이 떠올랐다. 그만둬야 했다. 2009년이 좋겠다 싶었다. 1년 정도의 여행이면 좋겠다 싶었다. 그렇다면 프랑스가 좋겠다 싶었다. 어떤 근거도 없는 결정이었지만 '2009년, 1년, 프랑스'에 이제까지 없던 확신까지 생겼다. 엄마는 언제나 내게 말했었다. 어떻게든 된다고. 그래서 그러기로 했다. 이 모든 것이 출근길 버스 안에서 몇 분 만에 일어난 일이었다.

***

프랑스에 가서 뭘 해야겠다는 거창한 포부는 없었다. 아무것도 안 하는 게 제일 좋겠다, 라고 생각했다. 성격상 과연 아무것도 안 하고 지낼 수 있을까 싶었지만 그것 말고는 딱히 떠오르는 게 없었다.

철저한 준비주의자답게 나는 새벽 불어 초급반부터 등록했다. 집이 용인이었으므로 새벽 5시에 일어나 첫차를 타고 서울에 와 학원 수업을 듣고 출근을 했다. 물론 그 생활은 내 바람만큼 오래 지속되진 않았다. 내 기억력에 불어 단어를 외울 수도 없었거니와, 무엇보다 피곤했다. 아무것도 하지 않는 삶을 살기 위해 이토록이나 피곤한 삶이라니!

불어학원에 대한 미련은 깨끗하게 접었다. 그때 즈음 본 영화도 미련을 접는 데 도움을 줬다. 파리에 가기 위해 내내 불어학원을 다니던 미국 아주머니가 마침내 파리에 도착한다. 지금까지 열심히 배운 불어 실력을 다 동원해서 길을 물어본다. 더듬거리던 아줌마의 불어를 한참 듣던 파리지앵이 깔끔한 영어로 대답을 해준다. 그 장면을 보다가 나는 이마를 탁 쳤다. 불어가 중요한 게 아니었어! 지금부터 불어를 배워봤자 얼마나 내가 써먹을 수 있겠어? 깨끗하게 불어공부를 접었다.

대신 나는 미래를 준비하기 위해, 나의 찬란한 미래를 준비하기 위해 책을 읽기 시작했다. 프랑스 혹은 파리에 관한 책이라면 닥치는 대로 읽었다. 황홀하고, 생각만 해도 아득해지는 환상을 내게 심어줄 의무가 있었다. 도서관에 가서 책을 검색했다. 프랑스, 파리, 유럽, 여행, 와인, 치즈 등의 검색어들이 동원되었다. 이미 선구자들이 많았다. 20~30대들 사이에서는 회사를 그만두고 여행을 다녀와서 책을 쓰는 게 하나의 코스인 것처럼 보였다. 프랑스로, 파리로 떠난 사람이 유독 많았다. 그리고 그들 모두가 헤밍웨이의 말을 인용했다.

만약 당신이 젊은 시절, 파리에 살 수 있는 행운을 누린다면, 당신이 평생 어디를 가든 파리는 '움직이는 축제'처럼 당신 곁에 머무를 것이다.

크게 고개를 끄덕였다. 대학생 때 일주일 동안 파리에 다녀온 기억만으로도 내가 지금 이 난리인데. 심지어 노벨문학상 수상자인 헤밍웨이의 말이니 도대체 틀릴 구석이 없었다. 시시껄렁한 기행기 읽기가 계속되었다.

그러다가 어느 날 도서관 구석에서 김화영의 《행복의 충격》을 발견했다. 70년대 김화영이 프랑스 남부, 엑상프로방스에 유학을 가서 쓴 책이었다. 70년대 한국을 살다가 프랑스 남부에 도착했을 때의 충격을 2000년대에 내가 읽으며 충격을 받았다. 지진 같은 충격이었다. 내가 서 있는 이 땅을 마구 흔들어대고 있었다. 이게 뭘까. 곰곰이 살펴볼 여유가 없었다. 《행복의 충격》에서 계속 인용하고 있는, 그러니까 《행복의 충격》의 뼈대와도 같은 책을 읽어야만 했다. 그리고 마침내 나는 카뮈의 《결혼, 여름》이란 책을 펼쳤다.

그 책을 처음 펼쳤을 때가 아직도 생생하다. 저녁 8시쯤 TV광고 녹음을 마치고 녹음실을 나서면서 카페에 들렀다. 평소라면 얼른 집에 가고 싶어서 안달이었을 텐데 그날만은 예외였다. 가방 안에는 오후에 막 배달된 《결혼, 여름》이 있었다. 얼른 그 책을 읽고 싶었다. 압구정동의 카페는 그때나 지금이나 딱 내 취향은 아니었지만 마음에 드는 카페를 찾아다닐 여유가 없었다. 닥치는 대로 들어가서 커피를 시켜놓고 그 책을 폈다.

첫 글을 읽다가 다시 덮어버렸다. 문장이 이렇게 아름다워도 되는 건가. 이건 반칙 아닌가. 《행복의 충격》이 준 충격도 아직 다 흡수하지 못했는데, 지금 내가 이걸 소화할 능력이 되는가. 이 아름다움은 내 것이 되어도 되는가.

문장만 아름다운 것이 아니었다. 내게 이런 가르침을 주는 책은 없었다. 《행복의 충격》을 읽으며 막연하게 수상하다 느꼈던 것이 이 책을 읽으면서 구체적으로 변했다. 언젠가 프랑스로 떠나기 위해 지금을 잘근잘근 씹어 견디고 있는 내게, 이러는 건 반칙이었다. 그런 내게 이런 가르침은 필요하지 않았다. 전혀. 그러나 이미 주사위는 던져졌다. 그다음은 홀린 듯 빠져들었다. 나는 카뮈의 《안과 겉》, 《이방인》, 《시지프 신화》까지 달음박질쳤다. 그리고 마침내 회사에 출근하는 것이 아무렇지도 않은 아침이 찾아왔다.

출근이 아무렇지도 않은 아침이라니. 출근은 내게 결코 화해불가능한 어떤 것이었는데. 믿을 수 없게도 6년을 매일 회사를 가면서, 그 6년을 매일같이 나는 회사에 가기 싫었다. 막상 도착하면 또 아무렇지도 않게 일을 할 거면서, 심지어 열심히 일할 거면서, 나는 매일 아침 출근이 믿을 수 없었다. 그런데 그 출근이 아무렇지도 않은 아침이 찾아온 것이었다. 명백히 《시지프 신화》 때문이었다. 명백히 김화영과 카뮈의 짓이었다.

***

처음 내가 그들의 책을 펼쳤을 때 나는 뭔가 실용적인 지식을 얻길 원했다. 실용적인 지식을 얻기 위해 그런 책을 펼치다니, 그건 네 잘못이라고 누군가 말할지도 모르겠다. 맞다. 하지만 틀렸다. 내가 말하는 실용적인 지식이라는 것은 파리 6구의 어떤 가게에 가면 세상에서 가장 맛있는 크레페를 먹을 수 있다는 식의 실용이 아니었다. 1년이나 프랑스에 살 테니까, 그런 건 내가 자연스럽게 알아낼 테니까. 나는 그들의 사상, 정서, 문화 등을 알고 싶었던 것이다. 그것이 나의 실용이었다.

하지만 김화영이 딱 잘라서 말을 했다. 냉정하게도. 잔인하게도. "참으로 이곳에는 행복하지 않은 사람들, 아니 '지금' 행복하지 않은 사람들은 올 것이 아니다. 이곳은 내일의 행복을 '준비'하는 사람들이 올 곳은 아니다. 지금 여기서 행복한 사람, 가득하게, 에누리 없이 시새우며 행복한 사람의 땅"[1]이라고 지중해에 대해 딱 잘라 말을 말했다.

나는 미래를 준비하고 있는데. 그 어느 때보다 열성적으로 미래를 꿈꾸고 있는데. 잘 돌아다니지 않는 성격임에도 불구하고 주말에는 도서관에 가고 새벽엔 불어학원도 다녔는데. 주말 동안 홍대 앞을 돌아다니며 파리 지도를 구해서 책상 앞에 떡하니 붙여두었는데. 대출금도 꼬박꼬박 갚고 있고, 여행 갈 돈도 차곡차곡 모으고 있는데. 1년짜리 그 여행을 위해서, 사고 싶은 것도 사지 않고, 노트북도

---

1. 김화영, 《행복의 충격》, 문학동네, 2012

제일 가벼운 걸로 이미 샀는데. 팀장님에게도 이미 1년 후에 그만
둔다고 말을 했고, 남자친구에게도 나는 떠날 사람이라고 말해뒀는
데. 마치 그곳에만 가면 모든 것이 다 해결될 것처럼, 끊임없이 그곳
의 삶을 준비하며 살아가고 있는데, 그곳이 나를 위한 공간이 아니
라니. 이건 또 무슨 사형선고와도 같은 말인가.

　이것이 처음 《행복의 충격》을 읽었을 때 내 마음속의 지진이었다.
지금 행복하지 않은 나를 위한 공간은 지중해 어디에도 없다고 선언
해버린 것이었다. 《결혼, 여름》도, 《안과 겉》도, 《이방인》도, 《시지프
신화》에서도 같은 선언이 이어졌다. 중요한 것은 떠나는 것이 아니
라, "오히려 가능한 한 그곳에 살아남아 버티면서 멀고 구석진 고장에
서식하는 괴이한 식물들을 가까이에서 관찰"[2]하라고 말하고 있었다.
계속 미래를 바라보고 있는 내게 일침을 놓고 있었다.

　　광채 없는 삶의 하루하루에 있어서는 시간이 우리를 떠메
　고 간다. 그러나 언젠가는 우리가 이 시간을 떠메고 가야 할
　때가 오게 마련이다. '내일', '나중에', '네가 출세를 하게 되면',
　'나이가 들면 너도 알게 돼' 하며 우리는 미래를 내다보고 살고
　있다. 이런 모순된 태도는 참 기가 찰 일이다. 미래란 결국 죽

─────────────
　2. 알베르 카뮈, 《결혼, 여름》, 책세상, 1998

음에 이르는 것이니 말이다.[3]

그러니 중요한 것은 이것이었다. 일상에 매몰되지 않는 것, 의식의 끈을 놓지 않는 것, 항상 깨어 있는 것, 내가 나의 주인이 되는 것, 부단한 성실성으로 순간순간에 임하는 것, 내일을 기대하지 않는 것, 오직 지금만을 살아가는 것, 오직 이곳만을 살아가는 것, 쉬이 좌절하지 않는 것, 희망을 가지지 않는 것, 피할 수 없다면 온전히 받아들이는 것, 일상에서 도피하지 않는 것, 일상을 살아나가는 것.

분명 프랑스를, 지중해를 알기 위해 책을 펼쳤었다. 그렇다. 나는 물리적인 공간으로서의 지중해를 만나고 싶었다. 태양과 구릿빛 피부와 풍부한 해산물과 지금 행복한 사람들의 공간을 꿈꾸었던 것이었다. 하지만 내가 결국 도착한 곳은 정신의 지중해였다. 내일의 태양을 기대하지 않는 것. 지금의 이 태양을 남김없이 사는 것. 영원히 굴러 떨어지는 바위를 영원히 언덕 위로 밀어 올리는 형벌을 받았지만, "무겁지만 한결같은 걸음걸이로, 아무리 해도 끝장을 볼 수 없을 고통을 향하여 다시 걸어 내려오는"[4] 시지프처럼. 자신의 불행을 정면으로 바라보고, 깨어 있으면서 결국 '자신의 운명보다 우월'한 시

---

3. 알베르 카뮈, 《시지프 신화》, 책세상, 1998
4. 알베르 카뮈, 《시지프 신화》, 책세상, 1998

지프의 공간이 바로 지중해였던 것이다. 그리고 그 지중해를 알아버려서 급기야 출근조차 아무렇지도 않은 나를 만나게 된 것이다. 믿을 수 없게도.

박웅현 팀장님에게도 그 책들을 권했다. 남자친구에게도 그 책들을 권했다. 그리고 나는 회사를 다녔다. 묵묵히 일했다. 지금에 충실하기로 했다. 시지프도 견뎠다고 하지 않는가. 아니, 견뎠다는 말은 옳지 않다. 시지프도 자신의 일상을 똑바로 쳐다보면서 살았다고 하지 않는가. 끊임없이 굴러떨어지는 바위를 끊임없이 언덕 위로 밀어 올리면서도 한 치도 타협하지 않았다고 하지 않는가. 언제쯤 내가 이 고통에서 벗어날 수 있을까, 라는 헛된 기대도 하지 않고. 나는 어쩌다가 이런 고통을 당하게 되었을까, 라며 누군가를 원망하지도 않고. 이것이 나의 인생. 순간순간이 나의 인생. 이 인생의 주인은 나. 하물며 시지프도 그랬다고 하지 않는가.

놀랍게도 일하는 것도 괜찮았다. 시지프에 감히 비교하는 게 미안할 정도로 괜찮았다. 아니, 심지어 재미있는 순간들이 더 많았다. 남자친구와의 사이도 이보다 더 좋을 수 없었다. 그 책들 때문에 달라진 내 마음가짐 때문이었을까? 알 수 없다. 어느새 그만두겠다고 선언한 날짜도 지났다. '갈까?' 싶다가도 미뤘다. '진짜 가야 하는 것 아니야?'라는 내 마음의 소리를 내가 무시했다. 괜찮았으니까. 지금이 괜찮았으니까. 하지만 계속 미룰 수는 없었다. 계속 준비하고 있었으니까. 물리적인 지중해를, 진짜 프랑스를 만나기 위해. 엄마에게도 남자친구에게도 이미 말해두었으니까.

＊＊＊

마침내, 팀장님에게 말하기로 했다. 가을밤이었다. 비가 오는 가을밤이었다. 회사 옆 가로수길 노란 은행나무 잎들이 빗방울에 후두두둑 떨어지고 있었다. 술집 야외 테라스에 앉아 팀장님에게 말했다. 그만두겠다고. 처음 이 팀에 올 때 말했던 것처럼. 처음부터 오래 일하지는 못할 거라고, 저는 그만두고 프랑스에 갈 생각이다, 라고 말했던 것처럼. 그 순간이 되었다고 팀장님에게 말했다. 팀장님은 내 모든 이야기를 들으시고 말씀하셨다.

"민철아, 여기가 지중해야. 봐봐. 여기가 지중해야. 다른 곳에 지중해가 있는 게 아니야."

"알아요. 팀장님이랑 같이 카뮈도 김화영도 다 읽었잖아요. 제가 제일 잘 알아요. 이 가을에, 이 은행잎에, 이 노란빛에, 이 비에, 이 술에. 여기가 지중해죠. 지금, 여기가. 알아요. 너무 잘 알아요."

"그런데 왜 가려고 하는 거야."

"그러니까요. 근데 가야 할 것 같아요. 정신의 지중해는 알 것 같은데, 육체의 지중해는 단 한 번도 만난 적이 없잖아요. 저는 지중해를 경험해본 적이 없다고요."

"그럼 갔다 와. 회사는 그만두지 말고. 갔다 와."

"아니 그게 아니라……."

술을 마셨고, 가을이었고, 은행잎이 떨어지고 있었고, 노란 조명과 그 은행잎이 만나서 세상이 다 노랗고, 예뻤고, 선선했고, 기분이 좋았고, 젠장, 이곳이 지중해였다. 내가, 지금, 여기를 이보다 더 오롯이 살 수는 없는데, 지구 반대편에 지중해가 무슨 상관인 건가. 여기가 지중해인데. 내가 지금 좋은데. 팀장님 말이 다 맞았다. 그런데 나는 가고 싶었다. 동시에 안 가고 싶었다. 오래도록 이야기했다. 나는 흔들렸고, 팀장님은 잡았고, 갔다 오라고 말하고, 얼마든지 갔다 오라고 말하고, 술은 맛있고, 나는 흔들 흔들 계속 흔들.

그리고 나는 지중해로 가는 비행기표를 샀다. 있는 휴가를 다 끌어모으고, 토요일, 일요일을 있는 대로 갖다 붙였다. 3주 반, 그러니까 거의 한 달에 가까운 휴가가 생겼다. 모두 지중해에 쏟아부었다. 혼자서 카뮈의 무덤이 있는 남프랑스 루르마랭과, 김화영이 70년대에 유학을 했다는 엑상프로방스와 파리와 아를과 니스로 떠났다. 그러니까, 나는 결국 그만두지 않은 것이다. 결국 머물기로 작정한 것이다. 그리고 이듬해 나는 결혼을 했다.

***

10년 넘게 자취한 짐을 정리해서 남자친구와 합쳤다. 짐이 그다지 많지 않을 거라 자부했던 것과 달리 2.5톤 트럭에 낑낑 밀어 넣어야 할 수준이었다. 프랑스로 떠나야 한다며, 도쿄 친구의 집에서 한 달을 살면서도 쇼핑 하나 하지 않았던 그 사람의 짐이 맞는가 싶을 정도로 나의 짐은, 방대했다. 어느새 카뮈 전집이 생겼고, 액자들만 해도 열 개가 넘었다. 구석구석 서랍을 열 때마다 짐스러운 수집벽이 고개를 내밀었다. 재미로 사 모으기 시작했던 맥주컵은 이미 찬장하나에 다 들어가지 못할 정도가 되었고, 난 어느새 화장대도 가진 여자였다.

그 와중에 나는 곰팡이가 핀 여행 가방을 100리터짜리 쓰레기봉투에 넣었다. 언제 내가 이 가방을 메고 여행을 갔던가 싶을 정도로 가방은 헐고 낡고 기운이 없었다. 오만 것들이 다 펄펄 살아 2.5톤 트럭 속으로 들어가는데 여행 가방만은 먼지 구덩이 속에서 바로 쓰레기봉투로 직행했다.

기분이 묘했다. 기어이 나는, 떠나지 않기로 작정한 건가. 벌써 3년 하고도 8개월 전 남자친구를 처음 만났을 때, 나는 1년 동안 프랑스로 떠날 사람이라는 말을 어떻게 꺼내야 하나, 당신은 군대 보내는 심정으로 나에게 작별을 고해야 할 텐데 그 모진 말을 도대체 어떻게 해야 하나 고민했었는데, 결국 나는 떠나지 않았고, 모질지 않았고, 여기에 남기로 작정했다.

누구의 탓도 아니었다. 긴 휴가를 제시하며 붙잡았던 팀장님의 탓도 아니고, 가끔 농담처럼 "엄마 때문이다."라고 말했지만 엄마도 나도 알았다. 엄마 탓이 아니란 걸. 늘 내 계획에 가장 충실한 지지 자였던 남자친구의 탓이 아니라는 건 두말할 것도 없었다. 결국 나 때문이었다. 결국 떠나지 않은 사람은 나다. 결정한 사람은 나다.

만약 그때 내가 그 책들을 읽지 않았다면? 만약 그때 내가 나를 잡은 손을 뿌리쳤다면? 만약 내가 프랑스로 갔다면? 만약 내가 지중 해에 도착했다면? 만약 내가. 만약 내가. 만약 내가.

산다는 건 어쩔 수 없이 선택의 연속이다. 하나를 선택할 수밖에 없기 때문에 결국 모든 선택에는 '만약'이 남는다. 오늘 점심 메뉴부 터 시작해서 인생의 큰 결정까지. '만약'이 배제된 순간은 없다. 하 지만 '만약'은 어디까지나 '만약'이다. 가보지 않았기에 알지 못하고, 선택하지 않았기에 미련만 가득한 단어이다. 그 모든 '만약'에 대한 답은 하나뿐이다. '나는 다른 길을 선택했다'라는 답.

나는 지중해로 떠나버린 나의 그 만약을 알지 못한다. 좋았을 것 이라고, 상상보다 더 행복했을 것이라고, 다만 짐작할 뿐이다. 거기 에 다녀온 나도 꽤 괜찮았을 것이라고 믿어볼 뿐이다. 그리고 지금의 나도, 그 모든 선택의 결과물인 나도 꽤 괜찮다고 생각한다. 결국 지금의 나를 만든 것은 그 선택들이니까.

새삼스럽게, 이삿짐을 앞에 두고 후회를 한 건 아니었다. 결혼식을 앞두고 미련이 남은 것도 아니었다. 후회와 미련은 나의 단어가 아니다. 다만, 내 삶이, 내가 생각한 것과는 다른 길로 멀리 펼쳐져 있음을 깨달았을 뿐이다. 그 길이 어떨지, 선택하지 않은 그 길은 또 어떨지, 나는 결코 알지 못한다. 다만 충실히 뚜벅뚜벅 걸어갈 뿐이다.

물론 육체의 지중해는 지금도 여전히 나를 유혹한다. 끊임없이 그곳으로 오라 손짓한다. 반면에 정신의 지중해는 나를 지금 이곳에 살게 한다. 내 마음가짐에 따라 이곳이 지중해가 될 수 있음을 알게 한다. 바람이 불고, 달이 뜨고, 낙엽이 지고, 겨울이 오고, 다시 봄이 오고, 그 모든 아름다움이 지금 여기에 있다.

지금, 여기가, 나의 지중해다.

Aix—en—Provence, France 2009

알베르 카뮈의 무덤, Lourmarin, France 2009

Cinque terre, Italy 2009

제 2 장

듣다 : 감정의 기록

"이 정도면 충분하다고 생각한다. 즐길 줄 아니까.
그 순간에 그 음악에 뛰어들 줄 아니까."

듣다

피아노 앞에 앉았다. 발이 바닥에 닿지 않았다. 악보는 너무 멀리 있었다. 첫 번째, 세 번째, 다섯 번째 손가락만으로 화음을 짚어야 했는데 자꾸 두 번째 손가락과 네 번째 손가락이 내려왔다. 엄마가 손가락들 사이로 볼펜을 끼워줬다. 더 이상 두 번째, 네 번째 손가락은 내려오지 않았다. 네 살때의 일이다.

몇 년이 지나서는 바이올린을 어깨 위에 올렸다. 그 예쁜 악기는 제대로 된 음 하나 짚는 것도 어려웠다. 바이올린을 시작하면 피아노를 그만둘 수 있을 줄 알았는데 둘 다 해야만 했다. 그때 나는 일곱 살이었다. 조기교육이랄 것도 없는 시절이었는데, 음악에 있어서만은 나는 조기교육의 수혜자였다. 아니, 피해자였나? 엄마가 피아노 선생님이었고, 엄마의 친구가 바이올린 선생님이었으니 어쨌거나 나는 내 의지와는 무관하게 음악을 배워야만 했다. 내 재능과도 무관한 일이었다.

학교는 엄마의 학원 근처였다. 친구들은 모두 엄마의 피아노 학원을 다녔다. 학교를 마치면 자연스럽게 친구들과 함께 엄마에게로 왔다. 덕분에 나의 놀이터도 엄마의 피아노 학원이 되었다. 그랜드 피아노 다리에 고무줄을 묶어놓고 고무줄놀이를 했고, 숙제를 할 때도 책을 읽을 때도 누군가는 옆에서 늘 피아노를 치고 있었다. 어느 날 잠결에 연주를 들으면서 '어…… 저 언니 실력이 갑자기 늘었네'라고 생각했다. 그 곡을 연습하는 언니는 학원 전체에 딱 한 명뿐이었으니까. 나중에 알고 보니, 언니의 실력이 영 늘지 않아 엄마가 시범을 보여준 거였다. 그러니까 숙제를 할 때에도 밥을 먹을 때에도 잠을 잘 때에도 의도치 않게 내 인생엔 늘 배경음악이 깔려 있던 셈이다. 제목도 모르는 곡들이었지만 멜로디만은 끝까지 다 흥얼거릴 수 있었다. 그런 환경에서 나도 13년간 피아노를 배웠다. 10년간 바이올린을 배웠다.

그런데 나는 음악이 늘 어려웠다. 피아노를 칠 때는 왼손에 힘을 빼는 게 너무 어려웠다. 오른손은 멜로디고 왼손은 반주니까 왼손의 소리를 작게 해야 하는데, 13년을 배우면서도 그게 늘 어려웠다. 나보다 어린 나이에도 음악을 느끼면서 연주하는 꼬마들도 있었는데, 나는 그냥 악보에만 매달려 있었다. 음악에 맞춰 몸을 앞뒤로 흔들며 연주하는 친구들을 보면, 그 아이를 흐뭇하게 바라보는 엄마를 보면, 울고 싶어졌다. 나에겐 그런 재능이 없었다.

바이올린이라고 별다를 바는 없었다. 세상에서 가장 섬세한 악기임에 틀림이 없는 그 악기는 제 음정을 내기가 힘들었다. 내 귀에는 다 똑같은 도로 들리는데 선생님은 자꾸 약간 틀렸다고 말했다. 약간 손가락의 힘주는 부분을 달리하면 선생님은 이제 똑바른 도라고 말해주었다. 피아노에서는 도를 치면 그냥 도였는데, 바이올린의 도에는 수많은 결이 있었다. 나는 그 섬세함을 알아차리기엔 너무 저능아였다. 엄마는 결코 인정하지 않았지만.

결국 중학교 2학년 때 엄마에게 매달려서 말했다. 음악을 그만하고 싶다고. 계속 이걸 할 수는 없겠다고. 음악만 그만하게 해주면 정말 공부를 열심히 하겠다고. 늘 하기 싫다고 징징거리기만 하다가 정색하고 그만하고 싶다고 말하는 열다섯 살 딸의 말을, 엄마는 그제야 진지하게 들었다. 그리고 그 순간부터 모든 것을 그만뒀다.

이상한 일이다. 뭐든지 배우고 싶어서 안달인 내가, 음악에 대해서만은 욕심도 미련도 없다. 엄마는 늘 내게 음악적 재능이 많다고 말하지만, 나는 단 한 번도 동의한 적이 없다. 엄마는 내가 절대음감이라고 말하지만, 나는 그건 절대음감에 대한 실례라고 생각한다. 엄마는 내 손이 피아노를 위해 타고났다고 말하지만, 나는 음악이 손만 좋다고 할 수 있는 장르가 아니라고 생각한다.

지금도 장난으로라도 피아노나 바이올린을 손대지 않는다. 그 세계는 이미 나에게서 너무 멀어졌다. 나 같은 사람이 감당할 수 있는 세계가 아니다. 같은 곡을 수백 번, 수천 번 연습해야만 기술적으로도 감정적으로도 완벽한 곡을 연주할 수 있는 세계라니. 나는 늘 다행이라 생각한다. 그 세계가 내 세계가 아닌 것에 대해.

✳✳✳

그리고 한 남자를 만났다. 세 살 때 들었던 CM송까지 기억하는 남자, 벽 한 면을 CD로 가득 채운 남자, 아침에 밥 먹을 때도 저녁에 술을 마실 때도 음악을 트는 남자, 그 분위기에 딱 어울리는 음악을 귀신처럼 선곡하는 남자, CD박스세트를 사서 1번 CD부터 100번 CD까지 다 듣는 남자, 록부터 클래식까지 가리지 않는 남자, 나와 베토벤 소나타 콘서트에 한 번 가더니 연주가별로 베토벤 소나타를 다 사서 비교하며 듣는 남자, 그러다가 정형돈의 노래를 들으며 낄낄거리는 남자. 그렇다. 그 남자가 내 남편이다.

하루는 남편이 내게 모과이(MOGWAI)의 공연에 가자고 말했다.

그들이 누구인지도 몰랐고, 어떤 음악을 하는지도 몰랐지만 한마디로 남편이 말해줬다.

"걔들 공연장 앞에선 귀마개를 팔아."

나로 말할 것 같으면 시끄러운 음악은 질색인 사람이다. 소리 지르는 음악도 싫어한다. 기본적으로 음악을 들으면서 다른 일을 할 수 있는 음악만 고집하는 사람이다. 하지만 따라갔다. 그리고 나는 난생 처음으로 사운드의 폭발을 경험했다. 사운드가 발부터 머리끝까지 쾅쾅 울려서 세포까지 찌릿찌릿해지는 음악을 처음 들었다. 나오면서 괜찮았냐고 묻는 남편에게 나는 말했다.

"이거 너무 내 취향인데?"

하루가 멀다 하고 이 남자는 내게 또 다른 음악 취향을 선물한다. 이름도 들어본 적 없는 가수이지만 들어보면 내 취향이다. 처음 듣는 음악이지만 지금 내 기분에 꼭 맞는 음악인지라 자꾸 기억하고 싶어진다. 그런 식으로 이 남자는 내 음악적 취향의 지도를 새롭게 그려나가고 있다. 그렇다. 내가 아니라 남편이 내 음악적 취향의 지도를 그리고 있다. 나는 그냥 틀어주는 대로 듣기만 하고, 반응하고, 또 잊어버린다. 하지만 옛날의 나였다면 소화하지 못했을 음악을 지금은 무심히 들을 수 있게 되었다. 옛날의 나였다면 도대체 뭐가 좋다는 건지 모를 음악에 지금은 열렬히 감동하느라 밤마다 술을 더 마시게 되었다.

바닥부터 천장까지 CD로 가득 찬 우리 집 CD장.
우리 집에서 내가 유일하게 간섭하지 않는 곳이다. 순전히 남편의 영역

***

엄마와 남편. 의도치 않게 내게 과분한 음악 선생님을 두 명이나
곁에 둔 셈이다. 엄마는 내게 연주자의 꿈을 심어주지는 못했지만,
좋은 청중이 되고 싶다는 꿈은 심어주었다. 남편은 내게 스스로 찾
아서 새로운 음악을 듣는 버릇을 만들어주지는 못했지만, 새로운 음
악을 들었을 때 기꺼이 열광하는 취향은 만들어주었다. 그들 덕분에
나는 좋은 음악 앞에서는 기꺼이 감동하고 박수를 보내고 울 줄 아
는 사람이 되었다. 그 음악의 제목은 몰라도. 멜로디와 제목을 연결
시키진 못해도.

결혼 후, 대구 엄마 집에 내려가서 엄마는 베토벤 피아노 소나타
를 치고, 남편은 엄마의 악보를 넘겨주고, 나는 아예 건넌방에 누워
그 소리를 듣던 순간을 잊을 수 없다. 나의 위대한 음악 선생님 두 명
이 그들끼리 음악으로 교감한 순간이었다. 나는 먼 방에서 혼자 감격
하였다.

이 정도면 충분하다고 생각한다. 즐길 줄 아니까. 그 순간에 그
음악에 뛰어들 줄 아니까. 그 정도면 넘치도록 충분하다고 생각한다.
너무 훌륭한 선생님 두 분을 옆에 모시고도 학생 수준이 너무 떨어진
다고? 어쩔 수 없다. 그게 나다.

"그 여자의 노래가 시작되자마자, 거짓말처럼, 내 눈에선, 눈물이 주르륵 흘렀다."

리스본
그 단골집

언젠가 꼭 말해보고 싶은 문장이 있다. 최대한 무심하게.
별일 아니라는 듯이.

"리스본에 우리 단골 술집이 있는데 말이야……."

모르는 사람이라면 "뭐? 리스본? 포르투갈 리스본?"이라고 반응을
하며 이 무슨 허세 작렬의 문장인지 기막혀 할 것이다. 아는 사람들
이라면 "또 그 이야기? 또 마르셀리노 이야기를 하려는 거야?"라며
귀를 막을 것이다. 술도 안 취했으면서 했던 이야기를 하고 또 하네,
라고 생각할지도 모르겠다.

그렇다. 수도 없이 이야기했다. 마르셀리노에 대해서. 리스본의 우리 단골집에 대해서. 하지만 모두가 알다시피, 세상에는 자기가 겪었으면서도 믿을 수 없는 순간이 있다. 그 순간에 대해 말을 하고 또 하는 것은 어쩌면 불가피한 일일지도 모른다. 믿을 수 없으니까. 그 순간을 내가 겪었다는 걸 나도 믿을 수 없으니까.

여행 한 번 간 주제에 무슨 단골집? 과장이라 생각할지도 모르겠다. 하지만 리스본에 5일을 있으면서 4일을 갔다면 단골집이라 부를 자격이 있지 않을까?

＊＊＊

리스본 알파마 지구에서 우리가 빌린 집의 골목 끝, 그곳에 마르셀리노가 있었다. 그리고 관광지들을 돌아보느라 매우 지친 그날 밤에도 우리는 마르셀리노에 갔다. 어제처럼 오늘도, 호르헤가 기타 하나를 들고 연주하고 있었다. 어제처럼 오늘도, 그 작은 술집에는 손님이 우리뿐이었다. 연주가 끝날 때마다 조그맣게 박수를 쳤다. 호르헤는 부끄러워하며 "오브리가도(감사합니다)."라고 말했고, 그때마다 우리는 독특한 억양의 그 말을 따라 하며 웃었다.

시간이 지나자 옆 테이블도 다른 손님으로 차기 시작했다. 그런데 그 손님들, 무례하게도 호르헤의 무대로 비집고 들어왔다. 기타를 잡고 튜닝을 하기 시작했다. 처음엔 생각했다.

'꼭 저렇게 기타만 보면 쳐보려고 하는 사람들이 있지. 모든 동아리방에 기타들이 안 버려지는 이유랑 똑같은 거야. 왜 저럴까? 우리 호르헤의 연주를 가로막다니!'

못마땅한 얼굴로 술을 마시고 있는데 그들의 노래가 시작되었다. 갑자기 우리 둘은 입을 다물었다. 사랑이었다. 이별이었다. 포르투갈어를 하나도 알아듣지 못하지만 알 수 있었다. 한쪽 눈이 보이지 않는 그 남자는 아파하고 있었다. 사랑이 자신을 배신했다는 사실을 도저히 받아들이지 못하고 있었다. 좁은 가게 끝부터 끝까지 계속 오가며 남자는 온몸으로 노래했다. 연극 한 편을 보는 느낌이었다.

기적은 갑자기 일어났다. 코트도 안 벗고 핸드백을 내려놓지도 않고 시종일관 남자의 노래에 관심 없어 보이던 여자가, 그러니까 맨날 절절한 사랑 노래만 부르느라 돈은 한 푼도 안 벌어오는 남편에게 이젠 질려버린 부인이라고 말한다면 완벽하게 설명될 것 같던 표정의 그 여자가, 노래를 부르기 시작한 것이었다. 자세 하나 바꾸지 않고. 표정 하나 바꾸지 않고. 그 자리에 앉아서. 괜찮다고. 괜찮아질 거라고. 결국은 그럴 거라고. 그런 게 사랑이라고. 아프지 않은 사랑은 없다고. 살다 보면 너도 알게 될 것이라고. 그렇게 다들 어른이 되어가는 거라고. 하지만 지금은 충분히 아파하라고. 여자의 목소리가 말하고 있었다. 마치, 절망에 빠진 프로도를 구원해주는 엘프,

109

Lisbon, Portugal 2012

갈라드리엘의 목소리 같았다. 그 여자의 노래가 시작되자마자, 거짓말처럼, 내 눈에선, 눈물이 주르륵 흘렀다.

며칠 후 호르헤가 알려주었다. 그들이 불렀던 그 음악은 파두 (Fado)라고. 그제야 그 순간의 내 눈물이 이해되었다. 파두. 포르투갈 민중음악. '숙명'이라는 뜻을 담고 있는 음악. 그리고 우리나라의 '한'이 그렇듯 번역되지도 않는 '사우다드(Saudade)'라는 감정을 기반으로 한 음악. 굳이 번역을 하자면 '애환'이랄까 혹은 '먼 곳을 향한 그리움'으로 해석할 수 있는 바로 그 감정, 차마 어찌 할 수 없는 슬픔, 사우다드를 기반으로 한 음악이 파두이다. 그러니까 내 눈물은 파두에 대한 예의였던 것이다.

어쨌거나 공연은 본격적으로 시작되었다. 남자의 무대가 끝나니 비로소 여자가 코트를 벗고, 핸드백을 내려놓고 혼자 앞으로 나와 노래를 몇 곡 불렀다. 나는 여자의 그 목소리에 넋을 잃어버렸다. 여자의 목소리에 담긴 그 감정을 다 소화하기도 전에 또 다른 공연이 이어졌다. 준비된 공연도 아닌데, 틈도 없이 노래가 이어졌다. 이번엔 호르헤와 또 다른 기타리스트의 합동공연이었다. 그다음엔 호르헤 혼자 몇 곡, 새로운 기타리스트도 혼자 또 몇 곡 불렀다. 길을 지나가던 사람들도 가게 안을 흘끔거리기 시작했다. 분명 손님은 나와 남편 둘밖에 없는데 뮤지션은 어느새 다섯 명이었다.

끝나지 않길 간절히 빌었던 그 겨울의 그 따뜻한 공기를 뚫고 성큼성큼 부산스럽게 한 남자가 뛰어 들어왔다. 가게를 한번 휙 둘러보더니 그는 말없이 다시 나가버렸다. 그러다 얼마 후 그는 돌아왔다. 자신의 기타를 가지고. 이 남자는 꽤 길게 자신의 소개를 하더니 이번엔 자신의 검은 대륙 쪽으로 순식간에 우릴 데려갔다. 아프리카와 유럽 중간 어디쯤에 있을 것 같은 음악. 저절로 흥성이게 만드는 그 음악 끝에 호르헤는 급기야 탭댄스를 추기 시작했고, 남편은 노래를 부르기 시작했다. 누가 손님인지 누가 뮤지션인지 더 이상은 분간할 수 없었다. 다만 모든 것이 너무나 자연스러워서, 음악처럼 자연스럽기만 해서 시간은 그 틈을 타고 쏜살같이 흘렀다.

＊

어느새 새벽 두 시가 되었다. 정신을 차려보니 내 손에는 흑인 가수의 CD도 들려 있었고, 그 사람이 우리에게 선물해준 와인도 한 병 들려 있었다(그가 왜 우리에게 와인을 선물했는지는 아직도 의문이다). 공연도 끝났고, 너무 울고 웃느라 내 체력도 바닥났다.

그 밤에 갑작스런 행운이 내 품에 안길 줄이야. 그토록 큰 행운의 시간이 내 눈앞에 펼쳐질 줄이야. 우리는 얼떨떨했다. 눈이 마주칠 때마다 우리가 통과한 그 시간이 어이없어서 계속 웃었다. 말해도 안 믿겠지. 나도 안 믿기는데. 당신은 믿겨? 이 시간을 어떻게 설명하겠어. 진짜 미친 시간이었어. 미친 밤이었어. 어떻게 우리 집 바로 옆에 이런 바가 있지? 사랑스러워서 미쳐버릴 것 같은 이런 바가 우리의 단골집일 수 있지?

마르셀리노가 '우리만의' 마르셀리노가 되는 순간이었다. 마르셀리노가, 리스본이, 포르투갈이 잊을 수 없는 꿈이 되는 순간이었다. 동전지갑을 들고 마르셀리노를 나서며 말했다. 한국에 돌아온 후에도 매일 다시 말하고 싶은 그 문장을.

"안녕! 내일 또 봐!"

"음악과 나 사이에 생긴 결정적 순간은 평생 그 음악에 달라붙는다.
더 강렬한 경험이 와도 처음의 그 경험은 지워지지 않는다."

서랍장만 한
음악

　"꽝!" 하는 소리와 함께 음악이 멈췄다. 바쁘게 움직이던 내 손도 멈췄다. 정신이 번뜩 들었다. 음악 속도에 맞춰서 수학 문제를 풀고 있었던 것이었다. 하필이면 그 음악이 휘몰아치는 라흐마니노프 피아노 협주곡이었다. 그 곡을 들을 때 내가 집중을 잘한다는 걸 알게 되었고, 그 이후로도 수학 문제를 풀 때는 늘 그 곡을 귀에 꽂았다.

　한동안 안 듣고 있던 라흐마니노프 피아노 협주곡을 다시 꺼낸 건 카피라이터 3년차가 되었던 어느 밤이었다. 밤 10시에 기획들이 오리엔테이션을 해줬다. 다음 날까지 1년치 인쇄 캠페인을 만들어야 한다는 말도 안 되는 요구 앞에서 그 곡이 생각났다. 자리에 와서 음악 파일을 뒤져 그 곡을 틀었다. 카피를 쓰기 시작했다. 잠은 사치였다. 잠깐 집에 가서 씻고 다시 회사로 돌아와 계속 그 곡을 들으면서 카피를 썼다. 인쇄 광고 하나를 만드는 것도 아니었고, 1년치 캠페인을 하루 만에 뚝딱 써내라니 어쩔 수가 없었다. 약을 먹듯이 라흐마니노프 피아노 협주곡을 들었다. 그 습관은 여전하여 아직도 집중해서 뭔가를 해야 할 때는 라흐마니노프 피아노 협주곡을 튼다. 연주자의 이름도 읽기 힘든, 내가 초등학교 때 엄마가 유럽여행에서 사온 그 라흐마니노프 피아노 협주곡이 내겐 집중력의 명약이다.

뭔가 감상적인 글을 써야 할 때 듣는 곡은 따로 있다. 팻 매스니(Pat Metheny)의 〈You〉. 그 곡은 하루 종일 반복재생 하여도 도무지 질리지가 않는다. 질리기는커녕 한 곡 안에서도 감정이 몇 번이나 다른 방향으로 일렁거리는지 바다의 파도를 멍하니 보는 기분이다. 이 글을 쓰는 지금 이 순간에도 내가 선택한 곡이다. 아예 내 홈페이지에 무한반복재생이 되도록 걸어놓았다. 글을 쓸 때에도 여행을 가서 감정을 고조시킬 때에도 좋다. 아니, 여행을 너무 가고 싶은데 갈 수가 없을 때도 내 선택은 이 곡이다. 그리하여 코타키나발루 해변에서 노을을 보면서도 이 곡을 들었고, 회사에서도 일할 때도 이 곡을 틀어놓는다. 하여튼 여러모로 쓸모가 있는 곡이다.

새벽에 일찍 출근할 땐 다른 노래다. 저녁 6시 이후에 회사에서 일하는 유전자를 상실했기에, 꼭 일을 해야 한다면 저녁보다는 새벽을 택한다. 혼자서 시작하는 그 새벽 사무실에 어울리는 것은 강아솔의 목소리다. 새벽보다 더 새벽 같은 목소리. 순하고, 포근하고, 한 줄기 거스름도 없는 목소리. 그러다 사람들이 출근하고 왁자지껄해지면 곡은 또 바뀌지만.

대청소를 하는 주말 오전이 되면 시끄러운 음악을 틀어놓는다. 청소기 소리도 이기는 소리. 남편은 뭔가 어려운 이름의 밴드 곡을 틀지만, 나는 요 몇 년간은 꼭 '형돈이와 대준이'를 틀어놓고 청소를 한다. 첫 곡부터 끝 곡까지 신나게 따라 부를 수 있고, 유난히 빨리 청소를 마치게 된다. 아마도 몇 곡 안 되는 그 음악이 끝나기 전에 청소를 끝내야 한다는 생각 때문인 것 같다.

12월과 1월, 해가 넘어갈 때면 자연스럽게 누자베스(Nujabes)의 〈After Hanabi〉를 듣는다. 불꽃이 펑펑 터지는 소리를 듣고 있으면 왠지 올 한 해도 수고했다는 기분이 든다. 여름에서 가을로 넘어가면서 해가 짧아지는 저녁이 되면 창문을 활짝 열고 듀크 조단(Duke Jordan)의 《Flight to Denmark》 앨범을 듣는다. 여기에 화이트 와인까지 곁들이면 더할 나위가 없다. 위로가 필요할 때는 〈Fix You〉를 듣는다. 작은 위로로도 충분할 땐 콜드플레이(Coldplay)의 곡을 듣지만, 마음의 구멍이 깊을 땐 〈Young at Heart〉라는 다큐멘터리 영화에서 할아버지가 휠체어에 앉아서 부르던 그 〈Fix You〉를 듣는다. 같이 그 노래를 부르기로 한 친구가 세상을 떠버리고 난 후, 혼자 무대 위에서 그 노래를 부르는 할아버지의 나지막한 목소리를 듣고 있으면, 어떤 구멍도 하찮아진다.

주말 오전, 뭔가 잘 살고 있다는 기분이 필요할 땐 카를라 브루니(Carla Bruni)의 앨범을 듣는다. 이 가수가 전 프랑스 대통령인 니콜라 사르코지의 부인이 되어 화려한 모습으로 뉴스에 등장할 때마다 왠지 찝찝한 기분이 들긴 하지만, 뭐 그래도 전 프랑스 영부인의 목소리와 불어발음이 훌륭한 것은 부인할 수 없는 사실이니까.

스페인 밴드인 미갈라(Migala)의 〈Gurb Song〉은 이상하게도 마이클 커닝햄의 소설 《세상 끝의 사랑》을 읽는 기분이 든다. 두 번을 거듭해서 읽고 그 여운을 떨칠 수 없었던 그 소설을 한 곡 안에 넣은 것 같은 기분. 그래서 그 책을 펴지도 않고서 이 한 곡으로 그 책을 다시 읽는다.

***

안다. 이렇게 늘어놓기 시작하면 끝도 없다는 걸. 누구나 자신만의 셋리스트는 가지고 있는 법이니까. 심지어 나는 음악에 있어서는 서랍장만 한 세상을 가지고 있을 뿐이다. 누구에게 말하기도 부끄러울 만큼 작고, 속이 좁다. 듣던 음악만 계속해서 듣고, 심지어 한 곡만을 하루 종일, 며칠 동안 들을 수도 있는 사람이다. 심지어 가사를 듣는 능력을 상실하였기에, 수백 번을 한 곡만 들어도 그 곡의 내용을 모를 때가 허다하다. 누군가가 내게 가사를 일러주면 난 늘 이런 식이다. "뭐라고? 사랑 노래라고?" "뭐라고? 이별 노래라고?" "진짜? 이 노래가?" 그때마다 상대는 늘 어이없는 표정을 짓는다.

하지만 신기한 일이다. 가사도 모르는 그 노래들이 순식간에 시공간을 바꿔버린다. 영화 〈하나와 앨리스〉의 OST가 나오면 갑자기 나는 안개 낀 샌프란시스코 금문교 앞에 선다. 언니네 이발관의 목소리를 들으면 나는 파리 지하철 안에 혼자 앉아 있게 된다. 비틀스의 〈Here comes the sun〉을 들으면 도쿄 외곽의 후지 산이 보이는 언덕에 앉아 술을 마시는 기분이 된다. 마빈 게이(Marvin Gaye)의 〈When did you stop loving me, when did I stop loving you〉를 들으면 순식간에 선배의 차로 이동을 한다. 히터를 최대로 켜고, 창문을 열고 달리며 이 음악을 크게 틀던 그 겨울밤이 된다. 음악과 나 사이에 생긴 결정적 순간은 평생 그 음악에 달라붙는다. 떨어지지 않는다. 더 강렬한 경험이 와도 처음의 그 경험은 지워지지 않는다.

그리하여 음악은 내게 실용이다. 책보다도, 그림보다도, 사진보다도, 그 무엇보다도. 일을 하게 하고, 집중을 하게 하고, 여행을 하게 하고, 술맛을 돋우고, 기분을 바꿔놓고, 마음을 간지럽히고, 흐린

Uzes, France 2013

날에 햇살을 드리우고, 햇살이 가득한 날에 비가 오게 하고, 해를 더 반짝이게 만들기도 한다. 그리고, 맞다. 이 글을 쓰게 했다. 음악이.

"여행은 감각을 왜곡한다. 귀뿐만 아니라 눈과 입과 모든 감각을 왜곡한다.
그리고 우리는 기꺼이 그 왜곡에 열광한다."

감각의 왜곡,
왜곡의 음악

　　친구들에게 잔뜩 자랑했다. 크리스마스에 포르투갈에 간
다고. 친구들도 잔뜩 부러워해줬다. 포르투갈이라니. 의기양양하게
포르투갈에 도착했건만 크리스마스에 그만, 쓸쓸해져버렸다. 혼자
온 것도 아니고, 남편과 함께 왔는데도 쓸쓸했다. 좀처럼 외롭거나
쓸쓸해하지 않는 내가 말이다. 우리의 크리스마스가 아니었다. 그러
니까 모든 커플들이 다 밖으로 쏟아져 나오고 모든 음식점이 열려 있
고, 캐럴이 흘러나오고, 밤늦게까지 술을 마시고, 다 같이 합창하고,
다 같이 선물을 주고받고, 다음 날 숙취에서 일어나는 그런 크리스

마스가 아니었다.

크리스마스이브, 오후가 되자 가게들은 하나둘씩 문을 닫았다. 아직 문을 닫지 않은 카페를 겨우 찾아 들어갔더니, 갑자기 바닥 청소를 하기 시작했다. 주방에 있는 사람들도 하나둘씩 나와서 퇴근을 했다. 우리만 일어나면 문을 닫을 기세였다. 단숨에 커피를 마셔버리고 밖으로 나왔다. 좀 더 중심가로 가면 사람들이 있으려나 했는데, 도대체 연 가게가 없었다.

그렇다면 오늘도 마르셀리노다. 마르셀리노의 주인장 누노가 분명 내게 "크리스마스에 문을 열 거야. 나는 성당도 안 다니는데 뭘." 이라고 말했기 때문이었다. 하지만 커튼을 열고 들어갔더니 누노는 가족들과 다 같이 식사 중이었다. 누노의 부인은 우리에게 같이 먹자고 했지만 동방예의지국에서 온 사람으로서 그럴 수는 없었다. 그 오붓한 분위기를 어찌 깬단 말인가!

결국 모두가 가족들과 함께였다. 그렇다면 나도 가족과 함께 지내야지. 나는 나의 유일한 가족, 남편과 함께 숙소에 들어가서 음악을 틀고 와인을 마셨다. 트램 지나가는 소리와 떠들썩한 소리들이 들려왔다. 지금 이 시간에 밖을 떠들썩하게 만든다면 그건 관광객이었다. 밤이 늦어 더 이상 아무 소리도 들려오지 않을 때, 우리는 동네 산책을 나섰다.

딱히 뭘 기대한 건 아니었다. 목적지가 정해져 있는 것도 아니었다. 평소엔 관광객들로 북적이는 동네였지만 그 밤엔 고양이 한 마리도 지나다니지 않았다. 집집마다 창밖에 매달아놓는 산타(포르투갈은 특이하게 굴뚝을 오르는 포즈의 산타를 창밖에 걸어둔다)들만 여전히 창문에 매달려 있었다.

고요한 골목이었다. 말소리를 낮췄다. 우리 발자국 소리에만 귀를 기울이다가 음악 소리를 들었다. 그 골목으로 발길을 돌렸다. 아무도 없었다. 분명 사람 소리가 났는데 싶어 주변을 둘러보니 건물 꼭대기 층에서 나는 소리였다. 꼭대기 층 누군가가 창문을 활짝 열고 불을 반짝이며 친구들과 파티 중이었다. 음악이 골목으로 흘러나왔다. 낯선 이들의 음악 선물에 고마워하며 우리는 또 길을 걸었다.

그러다 문득, 기타 연주 소리가 들렸다. 다시 그쪽으로 발길을 돌렸다. 그 소리를 따라 접어든 낯선 골목에는 뜬금없이 액자가 걸려 있었고, 인도와 차도를 구분하는 안전봉에는 맥주 트레이가 용접되어 있었다. 분명 밖이었는데 아무리 봐도 집 안 같은 그 골목에 몇 명의 사람들이 모여 있었다. 처음엔 기타를 든 아저씨 하나였다. 아저씨가 연주를 시작하자, 주변 친구들은 우르르 어딘가로 들어갔다. 그러더니 각자의 악기를 들고 나타났다. 젬베를 들고 온 사람도 있었고, 흔들 때마다 모래 소리가 나는 이름 모를 악기를 들고 나오는 사람도 있었다.

얼른 바로 옆, 문 열린 가게로 들어갔다. 노란 가로등불의 골목

길과 달리 하얀 백열등 아래에 주인 할머니만 있었다. 밖에서 무슨 일이 일어나든 말든 상관하지 않는 표정이었다. 할머니에게 맥주 두 병을 달라고 말했다. 할머니는 영어를 한마디도 몰랐고, 지쳐 있었고, 밤 손님이 귀찮았다. 우리는 손짓으로 맥주 두 병을 샀다. 그리고 얼른 연주하는 사람들 앞에 앉았다. 연주하는 사람들은 즐거웠고 우리를 향해 맥주병을 치켜들었고 우리도 덩달아 즐거워졌다.

우리가 본격적인 청중이 되자, 지나가는 사람들도 우리 주변에 자리를 잡고 앉았다. 쓸쓸하지 않았다. 춥지 않았다. 머나먼 이 땅에서 우리도 크리스마스다운 크리스마스를 보내는 느낌이었다.

잠시 후 할머니가 가게에서 나왔다. 두건을 쓰고, 앞치마도 입은 채로 할머니가 노래를 부르기 시작했다. 남편과 나는 서로 놀란 표정을 주고받았다. 방금 전 그 할머니의 목소리가 아니었다. 크리스마스에도 하루 종일 일을 해야만 하고, 밤늦게까지 가게 문을 열어둬야 하고, 그래서 당연하게도 지쳐버린 할머니의 목소리라고는 믿을 수 없었다. 높은 음도 거리낌 없이 올라갔다. 힘 하나 들이지 않고 골목 전체를 할머니의 목소리로 채웠다. 기타 반주도, 젬베도 모두 자연스럽게 할머니의 노래에 반주를 넣었다.

계속 노래를 부르며 자연스럽게 할머니는 두건을 벗었다. 앞치마도 벗었다. 그 순간 성당에서 종을 쳤다. 크리스마스가 끝나가는 소리였다. 할머니는 한 손엔 두건을, 다른 한 손에는 앞치마를 들고

Lisbon, Portugal 2012

Lisbon, Portugal 2012

성당 쪽을 향해 성호를 그으며 계속 노래를 했다. 두건과 앞치마를 벗고, 성호를 그으며 눈을 한 번 감고 노래를 하는 그 모든 동작이 각본에 짜여진 것 같았다. 그만큼 노래도 동작도 자연스러웠다. 반질반질한 타일이 깔린 포르투갈의 골목길도 꼭 세트장처럼 보였다. 마치 한 편의 뮤지컬 같았다. 맥주 한 병을 주문하기 미안할 정도로 지쳐 있던 가게 할머니는 사라졌고, 목소리 하나로 골목은 물론, 연주자와 우리까지 사로잡고 길 가는 사람들의 발길도 사로잡은 프리마돈나 한 명이 그 자리에 서 있었다.

그렇게 공연은 계속 이어졌다. 누군가는 가게 안의 의자를 가지고 나와 아예 길바닥 한가운데에 자리를 잡아버렸다. 프랑스 커플은 고요히 마시고 고요히 춤췄다. 우리는 고요히 사진을 찍고 흥겹게 마셨다. 그리고 음악이 바뀌고, 사람들은 합창을 하고, 다 같이 춤추기 시작했다. 할머니는 내 쪽으로 직진을 해오더니, 내 손을 덥석 잡고 무대 중앙으로 데리고 갔다. 어깨동무를 했다. 손을 잡고 춤을 추게 했다. 나에게 노래를 가르쳐주려고 했다. 나는 할머니의 말을 하나도 알아듣지 못했다. 실은 할머니가 하는 말이 포르투갈어인지, 아프리카 어디의 말인지도 나는 전혀 알아차리지 못했다. 멜로디만 겨우 흉내 냈는데 할머니가 나를 크게 안아주었다. 프리마돈나가 이국에서 쓸쓸한 크리스마스를 맞은 우리를 위로해주었다. 음악으로. 따뜻한 품으로.

***

종종 그때의 영상을 돌려보곤 한다. 얼떨결에 할머니의 그 공연을 녹화한 것은 내가 그 여행 중 제일 잘한 일 중 하나일 것이다. 그리고 볼 때마다 할머니의 노래 실력에, 우리가 실제로 그 공간에 있었다는 사실에 감동한다.

할머니의 노래 실력이 객관적으로 어떤지는 알지 못한다. 이 정도 노래야 누구든지 한다, 라고 누군가는 핀잔을 줄지도 모른다. 하지만 나는 정말 그곳에 훌륭한 프리마돈나가 숨어 있다는 이야기를 하려는 것이 아니다. 다만, 여행할 때 우리의 귀는 다른 식으로 열린다는 이야기는 할 수 있을 것 같다. 평소라면 지나쳐버렸을 어떤 음악이 평생 간직하고 싶은 행운으로 느껴지고, 평소라면 발걸음을 재촉했을 연주자 앞에서 기꺼이 눈물을 흘려버린다. MP3 플레이어에서 우연히 흘러나온 음악 덕분에 눈앞 풍경이 더 아름답게 보이고, 지금 이 음악과 함께 이 풍경을 볼 수 있다는 사실에 감사하게 느껴지기까지 한다.

여행은 감각을 왜곡한다. 귀뿐만 아니라 눈과 입과 모든 감각을 왜곡한다. 그리고 우리는 기꺼이 그 왜곡에 열광한다. 그 왜곡을 찾아 더 새로운 곳으로, 누구도 못 가본 곳으로, 나만 알고 싶은 곳으로 끊임없이 떠난다. 그렇게 떠난 그곳에선 골목마다 프리마돈나가 노래를 한다. 이름 모를 클럽마다 라디오헤드가 연주를 한다. 나뭇잎까지도 사각사각 잊지 못할 소리를 들려준다. 햇빛은 또 어떻고. 들어본 적 없는 음악들로 세상이 넘쳐난다.

그 왜곡의 음악을 듣기 위해 오늘도 여행 계획을 세운다. 그 미세한 음악까지 놓치지 않을 정도로 귀가 열린, 마음이 열린 나를 만나기 위해 오늘도 어쩔 수 없이 여행을 꿈꾼다.

"예순도 넘은 정경화가, 그 나이만큼, 단정한 셔츠를 입고, 바흐를 연주하고 있었다. 작지 않았고, 적지 않았고, 유연했고, 거대했고, 전부였다."

어느 날, 문득,
울다

아주 어렸을 때였다. 그러니까 내가 아직 사춘기가 되지 않아 사촌동생과 뛰어다니며 장난을 칠 때였고 아직 바이올린을 배우고 있을 때였다. 멀리서 놀러온 사촌동생과 집 안에서 술래잡기를 했다. 열심히 도망치다가 그만, 발에 라디오가 걸렸다. 그 바람에 라디오가 켜졌고 갑자기 나는 멈춰 섰다. 눈물이 주룩, 흘렀다. 처음 듣는 소리였다. 정경화였고, 〈사랑의 인사〉였다.

〈사랑의 슬픔〉도 아니고 〈사랑의 인사〉를 듣고 울다니. 여기에 무슨 슬픔이 깃들어 있다고. 무슨 슬픔이 깃들 틈이나 있다고. 온통

환희로 가득 찬 봄날 같은 그 음악에 왜 눈물이 난 것일까. 사랑 근처에도 못 가본 초등학생 주제에 뭘 안다고. 누가 봐도 나는 눈물을 흘릴 자격이 없었지만, 어쨌거나 나의 눈물은 나와버렸다.

나는 엄마의 CD장을 뒤졌다. 〈사랑의 인사〉가 있었다. 장영주의 데뷔 앨범이었다. 아홉 살짜리의 연주였다. 나를 울게 한 정경화의 〈사랑의 인사〉와는 완전히 달랐다. 물론 장영주의 연주도 훌륭했다. 하지만 아홉 살짜리의 〈사랑의 인사〉는 딱 아홉 살짜리의 사랑이었다. 거기엔 어떤 슬픔도 없었다. 그렇다면 이건 '정경화'라는 연주가의 문제였다. 나는 엄마를 앉혀놓고 장영주와 정경화의 〈사랑의 인사〉를 비교해주며 정경화가 얼마나 대단한 연주가인지 내내 설명했었다. 물론, 어린 나의 설명은 어떤 것도 설명할 수 없었겠지만.

***

나는 컸고, 재수생이 되었고, 대구엔 정경화가 왔다. 《Con Amore》 앨범 발매를 기념하여 열리는 음악회였다. 레파토리에 〈사랑의 인사〉가 있었다. 엄마는 나를 위해 가장 비싼 티켓을 샀다. 나는 1층 세 번째 줄에 앉았고, 엄마와 동생은 2층 싼 좌석에 앉았다. 정경화의 《Con Amore》 앨범을 들으면서 수학 문제를 풀고, 국사책을 들추고 있던 내가 직접 정경화의 연주를 듣게 되다니. 재수생 신분은 내려놓고, 그날만은 오롯이 오랜 팬의 신분으로 그 자리에 앉아 있었다. 두 손을 꼭 부여잡고. 내내 떨리는 가슴을 진정시키며.

불이 꺼졌다. 정경화가 입장을 했다. 나와 몇 미터 떨어지지 않은 곳에서 바이올린을 들었다. 첫 음을 켜는 순간 다시 눈물이 주룩, 흘렀다. 그 눈물은 아마 직접 스타를 만난 극성팬의 눈물과 같은 것이었을 것이다. 어쨌거나 나는 내내 웃으면서 내내 울었다.

연주회가 끝나고 난 후 이어지는 기립박수에 정경화는 무대 앞으로 걸어 나왔다. 그리고 관객 쪽으로 손을 내밀었다. 몇 사람이 정경화와 악수를 하는 영광을 누렸다. 물론 그 영광을 나도 누렸다. 잽싸게 뛰어나가, 기어이 그 행운을 잡았다. 엄마와 동생은 2층에서 그 모습을 보면서 말했다고 한다.

"민철이 또 엄청 많이 울고 있겠다. 아니, 통곡하고 있겠다."

아니나 다를까 연주회가 끝나고 나는 퉁퉁 부은 눈으로 가족들 앞에 나타났고, 동생은 퉁명스럽게 말했다.

"니 왜 우는데?"

엄마와 동생은 두고두고 그 일을 놀렸다. 엄마는 놀리면서도 딸의 감수성을 (정확히 말하자면 딸의 '팬심'이었지만) 은근 자랑스러워하는 것도 같았다.

***

2005년이 되었고 나는 카피라이터가 되었다. 정경화가 브루흐 바이올린 협주곡을 연주한다는 소식을 들었다. 그 곡이라면 한 음 한 음 다 외우고 있는 곡이었다. 너무 많이 들어 테이프가 늘어나는 게 어떤 건지 직접 경험한 곡이었다. 10년간 바이올린을 배우면서 꼭 연주해보고 싶은 단 한 곡이 있다면 그 곡이었다. 어쨌거나 꼭 가야 했다.

1부는 오케스트라만의 공연이었고, 2부에 정경화가 오케스트라와 함께 브루흐 바이올린 협주곡을 연주하기로 되어 있었다. 1부 내내 오케스트라 연주를 들으며 정경화가 나오길 기다렸다. 심장이 터질 것 같았지만 참았다. 그런데 나의 인내심도 모르고 오케스트라 연주는 길어지기만 했다. 급기야 오케스트라는 원래 계획에도 없던 곡까지 연주를 했다. 정경화가 나와야 하는데. 정경화는 왜 안 나올까. 나는 점점 초조해졌다.

그리고 정경화가 무대 위로 올라왔다. 바이올린도 없이. 맨손으로. 정경화가 무대 위로 올라왔다. 바이올린을 잡는 대신 마이크를 잡고 무대 위로 올라왔다. 정경화가 말을 했다. 오늘 오전에 갑자기 손에 마비가 왔다고. 연주를 하는 대신 말을 했다. 연주를 할 수 없다고 말을 했다.

그때 2층에서 내려다본 정경화는 작았고, 머리숱도 적었다. 나의 영웅 정경화가, 내 롤 모델이, 나를 그토록 울렸던 그 위대한 연주가가, 작았고 적었고 마비가 왔다. 2005년의 일이었다.

***

그 후로 나는 정경화의 비발디 〈사계〉 공연을 보러 성남에 갔고 바르톡 공연을 보러 인천에도 갔다. 나는 그녀가 무사한지 확인을 해야 했다.

그리고 2012년. 명동성당에 정경화가 바흐의 무반주 바이올린 소나타를 들고 나타났다. 명동성당과 정경화와 바흐의 조합이라니. 그보다 더 어울리는 조합이 어디 있을까. 길고 딱딱한 성당 나무의자에 앉았다. 이런 분위기에 어떤 드레스를 입고 나올까 궁금해 하고 있었는데, 정경화는 드레스 대신 하얀 셔츠를 입고 성당 제단 앞에 섰다. 그보다 더 어울리는 차림이 또 어디 있을까. 누구보다 기품 있었고, 누구보다 아름다웠다.

1년 전에 어머니가 돌아가셨다고 했다. 오늘이 어머니의 기일이라 했다. 관객들도 숙연해졌다. 그 시절 한국에서 정경화라는 바이올리니스트도 모자라 정명화, 정명훈까지 길러낸 그 어머니. 모를 수는 있어도, 알고 난 후에는 존경을 표하지 않을 수가 없는 그 어머

137

니에게 그보다 더 흡족한 제사가 어디 있을까 싶었다.

진공상태와도 같은 침묵이 성당을 가득 메웠다. 그 공기를 뚫고 바이올린 소리가 들려왔다. 처음 그 소리가 명동성당의 높다란 천장을 돌아 뒷벽에 부딪혀 내 귀로 들어왔을 때 나는 우주의 탄생을 귀로 듣는 느낌이었다. 먼 소리가 둥글게 지금의 나에게 도착하고 나는 먼 소리를 지금의 소리라 착각하며 멍하니 입을 벌리고 소리를 좇았다. 높은 소리는 신생 별이었고 낮은 소리는 오래된 별이었다. 활과 바이올린 사이에는 공기가 흘렀고 지구와 달처럼 그 공기는 아득했고 멀리서 도착한 빛과 소리는 아름다웠다.

그리고 《파르티타》. 그리고 무려 〈샤콘느〉 연주가 시작되었다. 바흐 《파르티타》 2번의 마지막 악장인 〈샤콘느〉. 연주가의 기량을 마음껏 뽐낼 수 있는 곡. 하지만 그만큼 연주가의 깊이를 들키기 쉬운 곡. 그래서 브람스는 이 곡을 두고 이렇게 말했다. "가장 깊은 생각과 가장 강렬한 느낌의 완전한 세계"라고. 젊은 연주가의 〈샤콘느〉는 깊이가 없고, 늙은 연주가의 〈샤콘느〉에는 기교가 부족하기 십상이다. 너무 젊지도 너무 늙지도 않은 그 팽팽한 긴장감의 나이에 〈샤콘느〉를 위한 나이가 있지 않을까? 어쩌면 지금이 정경화의 〈샤콘느〉가 아닐까?

어느새 나는, 20년 전 그때처럼 울고 있었다. 눈물이 흘러 턱에 고였다. 닦을 생각도 못하고 펑펑 울어버렸다. 1974년, 정경화가 아주 어렸을 때 녹음한 바로 그 바흐 〈샤콘느〉 CD를 수십 년 동안 성경처럼 간직하며 들어온 나였다. 그런 내 앞에서, 예순도 넘은 정경화가, 그 나이만큼 단정한 셔츠를 입고, 바흐를 연주하고 있었다. 작지 않았고, 적지 않았고, 유연했고, 거대했고, 전부였다.

***

한때 정경화처럼 연주하고 싶었던 적이 있다. 때때로 정경화의 CD를 틀어놓고 정경화의 선율을 따라서 연주해보곤 했다. 물론 단 한 음도 성공한 적은 없었다. 늘 몇 음 따라 하다 말고 바이올린을 내리고 정경화의 연주에 집중하는 쪽을 택했다. 그리고 그 예쁘고 작고 예민하기 짝이 없는 바이올린은 나에게 영원한 수수께끼가 되어버렸다. 10년을 배운 바이올린이 아깝지 않느냐고 묻는 이들은 많았다. 지금이라도 취미로 다시 배워보라는 말도 많았다. 하지만 늘 거절했다. 억지로 10년이면? 미련도 남지 않는다. 정말 아무것도 남지 않았을까. 그건 아닐 것이다. 그랬다면 그 어린 시절 정경화의 〈사랑의 인사〉에 울었을 리가 없다. 명동성당의 그날 밤에도 울었을 리가 없다. 아마도 그 10년은 나에게 바이올린 연주에 특별히 반응하는 눈물을 남긴 것 같다. 물론, 정경화의 연주에 특화되어 있는 눈물이긴 하지만. 정경화라면 무턱대고 열광하는 지극히 주관적인 귀와 눈이지만 원래 예술은 주관으로 점철되어 있는 거니까.

또 기꺼이 울 것이다. 아니, 아무리 참으려 해도 또 눈물은 터져 나올 것이다. 어린 시절 라디오에서 흘러나온 〈사랑의 인사〉에 울었을 때에도, 커서 직접 들은 〈사랑의 인사〉에 또 울었을 때에도, 바흐 〈샤콘느〉를 들으며 울었을 때에도 눈물은 내 의지로 되는 것이 아니었다. 그리고 최근에서야 나는 알았다. 좋아서, 행복해서 울어본 경험을 한 사람이 그다지 많지 않다는 걸. 넘치도록 그런 경험을 해본 나는, 정경화를 좋아하는 나는, 그래서 행복하다.

정경화 CD들. 겹치는 것이 대부분이라는 걸 알면서도 전집을 또 샀다. 살 수밖에 없었다

"무뚝뚝하고, 무서운 키스 자렛이 음악 앞에서는
한없이 애교를 부리고, 몸을 부비고, 춤을 췄다."

피아노가
멈추던 순간

9년을 다녀야 한다고 말했다. 그렇다면 나는 안 되겠네. 단숨에 포기했다. 9년이라니. 9년을 다녀야 한 달짜리 휴가를 얻을 수 있다니. 이것이 바로 희망고문이구나. 신입사원인 나는 단숨에 한 달짜리 휴가를 포기해버렸다. 그럴 수밖에 없었다. 회사에 들어오기 직전 나는 인생의 계획을 세웠었고, 그 어디에도 9년이나 회사를 다닌다는 계획은 없었다. 아무렇게나 세운 계획이 아니었다. 인생이 계획대로 흘러가지 않는다는 걸 감안해서 꼼꼼히, 몇 가지 경우의 수를 따져가며 세운 계획이었다. 대안도 세 가지나 세웠다. 그러나 회사를 9년이나 다닌다는 계획은 대안에 끼지도 못했다. 그러므로 내 인생에 한 달짜리 휴가는 없을 터였다. 난 장담했다. 하지만 9년이 흐른 후, 나는 한 달짜리 휴가를 얻었고, 어느새 프랑스로 가는 비행기 안에 앉아 있었다.

인생은 계획처럼 되는 게 아니었다. 하기야 계획대로 되는 인생에 무슨 재미가 있겠는가(그렇다면 9년 동안 회사원으로 사는 건 재미있었냐고? 그건 노코멘트). 회사를 9년이나 다니지 않겠다는 내 계획은 무산되었지만, 한 달짜리 휴가는 꼼꼼하게 계획했다. 파리에 유학생이 살던 집을 빌렸고, 부르고뉴 지방의 숙소를 예약했다. 한 달이라는 시간이 오롯이 내 것으로 주어졌기 때문에 나는 신중에 신중을 기했다. 정보에 정보가 산더미처럼 쌓였다.

그리고 그중에 내 눈에 들어오는 네 단어들이 있었다. '여름밤, 야외, 고대 로마극장, 재즈연주'. 이 네 단어를 더하는 것만으로도 갑자기 낭만이 들끓었다. 여름밤에, 야외의 고대 로마극장에서 재즈연주를 듣다니! 거기에 '키스 자렛 트리오(Keith Jrret Trio)'라는 단어가 더해졌다. 무조건 가야 한다는 결론이 나왔다. '30주년 기념 공연'이라는 말까지 더해졌다.

남편과 나는 리옹으로 가는 기차를 탔다. 여름밤 리옹의 고대 로마극장에서 노을이 지는 것을 보며 키스 자렛 트리오의 30주년 기념 재즈연주를 듣기 위해. 내가 키스 자렛 트리오의 극성팬이라 그런 선택을 한 것은 아니었다. 아니, 정확하게 말하자면 키스 자렛 트리오를 몰랐다. 하지만 나는 할아버지 재즈 연주자들의 귀여움과 사랑스러움과 재즈의 낭만 같은 것들을 뒤죽박죽 섞어서 멋대로의 키스 자렛 트리오를 완성해버렸다. '낭만! 낭만! 그래, 나에게 낭만을 다오!'라며 리옹에 도착했다.

***

속도 모르고 리옹에는 비가 왔다. 야외공연인데 어쩌자고 계속 비가 왔다. 며칠 동안 머무를 집 주인을 만나 열쇠를 받고, 짐을 내려놓고 리옹 언덕 위 로마극장으로 가는 케이블카를 탔다. 케이블카 안에는 온통 키스 자렛의 공연 때문에 행복한 사람들과 속도 모르고 계속 오는 비 때문에 불행한 사람들뿐이었다. 비옷을 입은 사람, 우산을 든 사람, 무작정 비를 맞는 사람, 모두 줄을 서서 로마시대 돌로 만들어진 반원형 야외극장에 입장했다. 그리고 기적처럼, 비가 그치고 하늘이 맑아졌다. 그리고 키스 자렛 트리오가 등장했다. 키스 자렛은 등장부터 낭만과 거리가 멀었다. 무대에 올라 환호하는 모든 청중들을 향해 인사도 없이, 딱 한마디만 했다.

"No Photo!"

놀랍도록 무서운 어조로. 어떤 귀여움도 인자함도 없이. 그리고 심지어 무대를 등지고 앉아버렸다. 이 무슨 재즈판 글렌 굴드 (Glenn Gould)인지. 그나마 관중들은 베이시스트, 개리 피콕(Gary Peacock)과 드러머, 잭 드조네트(Jack DeJohnette)가 무대 쪽을 향해 앉았다는 사실에 감사해야 할 지경이었다.

등을 돌리고 앉은 키스 자렛은 간혹 베이스와 드럼을 향해 고개를 돌리긴 했지만, 철저히 관객에겐 무관심했다. 심지어 한 곡이 끝날 때마다 치는 박수가 그의 음악적 영감을 깨트리는 게 아닐까 걱정해야 할 지경이었다. 누가 봐도 알 수 있었다. 키스 자렛은 오로지 음악에만 관심을 쏟고 있었다. 오롯이 음악에만 빠져, 음악이 클라이맥스에 다다르면 자기도 모르게 의자에서 일어나 엉덩이를 흔들었다. 허밍을 했다. 무뚝뚝하고, 무서운 키스 자렛이 음악 앞에서는 한없이 애교를 부리고, 몸을 부비고, 춤을 췄다. 음악만을 위해, 자신만을 위해 춤을 추며 연주를 했다. 최면을 거는 것처럼 움직이는 엉덩이 덕분이었을까. 그렇게 관객들을 모두 그를 따라 음악의 바다에 풍덩 빠졌다.

***

공연은 어느새 후반부로 접어들었다. 어떤 곡이 끝나자 키스 자렛은 유독 오래 관객들의 박수 소리가 잦아들기를 기다렸다. 마지막

박수 소리까지 그치자 키스 자렛은 몸을 숙였다. 거의 피아노에 엎드리다시피 몸을 숙였다. 그리고 피아노를 애무하듯 조용히 조용히 한 음씩 연주하기 시작했다. 여리디여린 피아노 음들이 계속 이어졌다. 베이스도 드럼도 멈췄고 관객들도 숨을 참았다. 여린 그 곡에 맞춰 모두들 숨까지 가늘게 내쉬는 느낌이었다. 수천 명이 하나가 되어 그의 고요함을 지켜주고 있었다. 지켜주고 싶은 사랑이었다. 지켜줘야만 하는 애틋함이었다. 하지만 새들은 전혀 그럴 생각이 없었다. 여린 그 피아노 음들 위로 각종 새들의 울음소리가 합쳐졌다. 왼쪽 숲에서도 오른쪽 숲에서도 쉬지 않고 새소리가 더해지다 보니 결국엔 그 울음소리가 곡의 일부인 것 같았다.

연주가 거의 끝나갈 무렵, 꼬장꼬장한 키스 자렛이 고개를 뒤로 돌렸다. 콘서트 내내 처음 본 광경이었다. 관객들에게서 등을 돌리고 앉아서 베이스와 드럼 연주자에게만 집중하던 그 사람이 고개를 뒤로 돌렸다. 그리고 새소리를 듣기 시작했다. 그의 피아노 건반도 침묵했다. 그제야 관객들도 새소리에 귀 기울이기 시작했다.

각종 새소리가 콘서트장 전체를 가득 채웠다. 모두들 키스 자렛의 침묵에, 새소리에, 바람소리에 그 저녁의 모든 자연의 소리에 귀 기울였다. 노을이 지고 있었고, 새들이 울고 있었다. 바람이 불고 있었다. 내내 우리를 감싸고 있던 그 소리가 그제야 들렸다. 한참의 침묵 후 키스 자렛은 몇 개의 음으로 연주를 마무리했다. 그제야 사람들은 그 마법 같은 순간에서 깨어나 박수를 쳤다. 박수는 점점 더 거세졌다. 계속 박수를 치며 관객들은 서로 눈을 마주쳤다. 미소를 주고받았다. '우리 놀라운 순간을 함께했어. 알지?'라는 의미가 가득 담긴 미소들이었다.

＊＊＊

안다. 타고난 기억력의 소유자인지라 나는 그 곡을 기억하지 못한다. 지금 이 순간에도 그 곡의 제목조차 알지 못한다. 한국에 돌아와서 키스 자렛의 곡들을 다시 찾아서 들어봤지만 비슷한 곡도 찾아내지 못했다. 실은 한 소절도 기억하지 못하기 때문에 판단할 기준조차 없다. 아마 다시 그 곡을 들려줘도 나는 고개를 갸웃할 것이다. 혹은 음악이 너무 좋다며 이게 무슨 곡이냐고 물을 것이다. 어쨌거나 나는 그 곡을 결코 기억하지 못할 것이다.

하지만 꼭 기억하고 싶다. 피아노와 새들의 합주를. 피아노가 멈추는 순간 시작되었던 새들의 독주를. 새들의 독주를 듣기 위해 멈춘 피아노를. 그제야 들리고 보이고 만져졌던 보석들을. 그 보석들을 지금 우리가 오롯이 누리고 있다는 깨달음을. 행복에 정수리까지 찌릿찌릿해지던 순간을. 그 순간의 나를. 우리를.

Beaune, France 2013

제3장

찍다 : 눈 의   기 록

"하지만 동시에 또 알고 있는 사실이 있다. 평생 찍을 것이라는 것을.
그렇게 찍는 순간은 어쨌거나 나만의 순간이 된다는 것을."

찍다

    카메라라는 걸 손에 쥐고 처음 나간 순간을 기억한다. 안 보이던 게 보였다. 방금 있었던 것이 순식간에 사라지는 걸 보았고, 지금의 빛은 1분 후에 다른 빛이 되는 걸 보았다. 나는 경이에 차 있었는데, 사람들은 무심한 표정으로 내 옆을 지나갔다. 노을이 지고 있는데. 저렇게 노을이 지고 있는데. 노을빛 때문에 이 벽이 이렇게 아름답게 빛나는데.

    그때 깨달았다. 나는 카메라를 쥔 것이 아니라 다른 눈을 쥐게 되었다는 걸. 남들 눈에는 안 보이는 세상을 보는 눈을 얻었다는 걸.

충무로에서 중고로 구입한 Nikon F3hp 카메라. 나보다 늙은 카메라지만 나보다 성능이 좋다

매일 카메라를 들고 출퇴근을 했다. 나보다 더 오래 산 필름 카메라를 들고 다니면서 익숙해지려고 애썼다. 출근길에 지하철 역 앞에 있는 사진관에 들러 현상을 맡기고, 점심시간에 그곳에 다시 들러 필름을 들여다보았다. 그리고 나는 아직도 그 카메라로 사진을 찍는다. 50mm 렌즈와 24mm 렌즈가 전부이다. 남편의 좋은 디지털 카메라로 가끔 찍어보기도 하지만, 결국 마음에 드는 결과물은 낡은 필름 카메라가 내놓는다.

늦가을, 비가 왔을 때는 새벽같이 일어나 여의도로 갔다. 갖가지 색깔의 낙엽들이 뒹구는 풍경들을 정신없이 찍고 돌아서니 그제야 사람들은 출근을 하고 있었다. 겨울 새벽, 눈이 왔다는 일기예보를 듣자마자 새벽같이 회사에 출근했다. 누구의 발자국도 찍히지 않은 가로수길 풍경을 찍고 싶었다. 늦여름, 청도 운문사에서 고심해서 사진을 찍고 찍고 또 찍었는데 마지막에 필름이 안 돌아갔다는 걸 안 적도 있었다. 한 달 후 시간을 내서 다시 운문사에 갔다. 사진을 찍기 위해서였지만, 덕분에 운문사에 대한 기억이 두터워졌다.

제일 자주 간 곳은 혜화동이었다. 24mm 렌즈를 처음 산 날에도 혜화동에 갔고, 남편과 두 번째 데이트를 할 때도 혜화동에 갔다. 혼자서도 갔고, 친구와도 갔다. 갈 때마다 새로운 골목을 발견해내고는 보물처럼 간직했다. 물론, 나처럼 카메라를 든 사람들이 혜화동에 점점 많아지면서는 발길을 끊었다.

외국 여행을 갈 때에도 언제나 이 카메라부터 챙긴다. 무겁고, 귀찮다. 하지만 이 카메라가 없는 순간이 두렵다. 너무 찍고 싶은 순간이 왔을 때 이 카메라가 없어서 난감했던 적이 한두 번이 아니다.

다른 카메라를 탐낸 적은 없다. 다른 렌즈를 사고 싶어 한 적도 없다. 비싼 라이카도 최신식 카메라도 나에겐 관심 밖의 이야기다. 다행이라 생각한다. 장비에 대한 욕심이 없어서. 다만 다른 사진에 대한 욕심은 많다. 끝도 없다. 남들이 찍은 사진을 볼 때마다 내 사진과 비교하며 초라해진다. 어쩜 이렇게 찍을 수 있을까 탄복을 하면서 그 실력에 욕심을 낸다. 사진을 찍기 시작한 이래로 이 욕심은 더해가기만 할 뿐 줄어들진 않는다. 아마 평생 그렇게 살지 않을까 짐작해본다. 평생 잘 찍지 못할 것이다. 평생 잘 찍는 누군가의 사진을 보며 부러워할 것이다.

하지만 동시에 또 알고 있는 사실이 있다. 평생 찍을 것이라는 것을. 그렇게 찍는 순간은 어쨌거나 나만의 순간이 된다는 것을. 대단하진 않을지라도 나만의 시선은 끊임없이 벼려지리라는 것을.

Doolin, Ireland 2010

"그 벽이 내게 말을 걸었다. 멈춰 섰다. 한참을 바라보았다.
아름다웠다. 그 모든 시간이 만들어낸 예술품이었다."

벽
이야기

처음부터 의도는 없었다. 의도가 있었다면 이토록 성실할
수 없었을 것이다. 늘 마음이 먼저 움직였다. 멀리서도 보였고, 다가
갈수록 가슴이 뛰었다. 찍고 나면 그렇게 기분이 좋을 수가 없었다.
한참을 그랬다. 기분이 너무 좋아 '내가 왜 이렇게 기분이 좋지?' 하
고 곰곰이 생각하다 보면 그 사진을 찍었기 때문이었다. 그래서 성실
했다. 좋은 기분을 위해 성실했다. 아니, 어쩌면 성실하다는 표현은
어울리지 않을지도 모른다. 그냥 마음을 따라갔을 뿐이다. 마음의 움
직임에 몸의 움직임을 맡겼을 뿐이다. 그리고 어느 순간 나에게는 수

많은 나라들의 수많은 도시들의, 수많은 벽의 기억이 생겼다.

*** *** ***

첫 벽이 기억난다. 2005년 9월 24일 혜화동. 사진반 수업을 혜화동에서 한다는 말을 듣고 '난 이곳이라면 신물이 날 정도로 다 알아요'라는 표정으로 나는 혜화동을 찾았다. 마로니에 공원을 생각했고, 토요일이니 사진 찍을 거리들이 많기는 하겠구나, 라고 생각했다. 단지 그뿐이었다. 새로운 것들이라고는 조금도 기대하지 않았다. 이곳은 혜화동이 아닌가.

대학교 때 나는 정말 자주 혜화동에 머물렀다. 학교에서 마을버스를 타고 갈 수 있는 곳이었으니, 밖으로 나도는 것을 안 좋아하는 내가 가장 손쉽게 탈출할 수 있는 곳이었다. 그만큼 곳곳에 추억이 숨어 있는 곳이기도 하고, 정작 누군가에게 말할 때는 좋아하지 않는다, 라고 말하는 곳이기도 했다. 그곳은 번잡했고, 계통이 없었고, '혜화동' 혹은 '대학로'라는 이름을 제외하고는 정감 가는 것이 아무것도 없는 곳이기도 했다. 그리하여 회사원이 되고 나서는 찾지 않는 대표적인 곳이 되어버렸다.

그런 내게 선생님은, "대학로 말고 저 위로 올라가면 옛 골목들이 있어요."라는 말을 했다. 그래서 무턱대고 카메라를 메고 마로니에 공원 뒤쪽으로 올라가기 시작했다. 그리고 놀라운 경험이 시작되었다. 마치, 《나니아 연대기》에서 옷장 속으로 들어갔던 꼬마가 나니아 나라에 도착하는 것처럼, 나는 그 꼬마가 털 코트를 헤쳐 나가는 것처럼 낯선 골목들을 헤쳐 나갔다. 그리고 그 끝에서 나는 푸른 벽을 만났다.

＊＊＊

낡은 집, 아무도 살지 않는 집, 아무도 돌보지 않는 집, 홀로 남은 집, 덩그러니 그 땅을 지키고 있는 집, 낡은 그 집의 낡은 벽.

아무도 기억 못할 것이다. 처음 이 벽의 색깔을. 새하얀 벽을 누가 짙은 푸른색으로 칠한 것일까. 밝은 하늘색이 어쩌다가 저리 진해져버린 것일까. 아무도 모른다. 아무도 관심 없다. 아무래도 좋은 것이다. 아무래도 상관없는 것이다.

비가 오면 가장 먼저 비를 맞았고, 눈이 오면 가장 먼저 눈을 맞았을 것이다. 여름이 오는 것을 누구보다 먼저 알았을 것이고, 겨울도 가장 먼저 직감했을 것이다. 딱히 뭔가를 할 수는 없었을 것이다. 우두커니 서 있는 것 말고는, 튼튼하게 그 자리를 지키는 것 말고는 벽이 할 수 있는 일은 없었을 것이다. 저녁이 되면 연통에서는 온기가 새어나왔을 것이다. 연통에서 나오는 연기에 군고구마 냄새가 섞여 있던 저녁도 있었을 것이다. 이 벽에 붙어 눈을 감고 한참을 기다린 후, 숨은 친구들을 찾아 나선 꼬마도 있었을 것이다.

그리고 이제는 아무도 없었다. 이 벽을 방패막이 삼아 잠을 청하던, 공부를 하던, 밥을 먹던, 매일을 보내던 그 가족은 사라졌다. 지붕 한 켠도 오래전에 무너졌다. 누군가는 흉물스럽다며 혀를 끌끌 차고 지나갔을 것이다. 누군가는 이 자리에 새 집 하나 지어볼까 하고 기웃거렸을 것이다. 그 앞에서 부동산 아저씨의 말은 빨라졌을 것이다. 하지만 지금은 푸른 벽이 홀로 남았다.

그 벽이 내게 말을 걸었다. 멈춰 섰다. 한참을 바라보았다. 아름다웠다. 그 모든 시간이 만들어낸 예술품이었다. 인공적으로 만들었다면 그 느낌이 나지 않을 것이다. 어떤 구도로 찍어야 하나 한참을 생각했다. 1밀리 왼쪽으로 갔다가 1밀리 오른쪽으로 갔다가 자세를 낮췄다가 난간에 기댔다가 결국 뒤꿈치를 들었다. 정면으로 보고 싶었기 때문이다. 조리개를 조였다. 너덜너덜한 페인트 한 조각까지 사진에 나왔으면 했기 때문이다. 혜화동, 아니 정확히는 이화동의 이 푸른 벽이 시작이었다.

***

가족들과 함께 중국 하이난에 여행을 갔을 때였다. 느지막이 일

혜화동 2005

어나 리조트의 조식을 먹고, 누군가는 수영을 하고, 누군가는 책을 읽고, 누군가는 멍하니 바다를 바라보고 있었다. 그리고 나는 이틀 만에 그 모든 것이 지겨워졌다. 새하얀 이불 대신, 잘 차려진 조식 대신, 느긋한 수영장 대신, 그러니까 일상과는 동떨어진 그 모든 것 대신, 진짜 인생이 필요했다. 서울의 일상을 탈출한 지 얼마나 되었다고. 어쨌거나 나는 그랬다.

리조트 카운터에 가서 이 마을의 중심가는 어디냐 물었다. 뭔가 알아들을 수 없는 말을 했다. 그래서 그 사람에게 부탁했다. 택시 기사에게 지금 말한 그곳에 나를 데려다주라고 말해달라고. 그렇게 리조트를 탈출했다. 그제야 두근두근하기 시작했다. 택시 기사는 커다란 백화점 앞에 나를 내려주었다. 나는 미련도 없이 백화점을 등지고 길을 건넜다. 더 골목으로 더 골목으로 들어가기 시작했다. 가슴은 더 두근두근했다. 아니, 행복이 머리끝까지 차올랐다.

푸른 벽들이 널려 있었다. 그러니까 누구의 눈에도 안 보이지만 내 눈에는 보석처럼 보이는 낡은 벽들이 걸음을 옮길 때마다 나타났다. 낡을수록 더 예뻐 보였다. 닳아서 원래의 색이 뭔지 알아볼 수 없을 지경이 되면 탄성이 절로 나왔다.

'어떻게 이 색 위에 이 색을 쓸 생각을 했지. 우와 저 걸레랑 저 벽이랑 어쩜 저렇게 잘 어울리지.'

리조트 조식은 깨작거리던 내가, 길바닥을 주방 삼아 커다란 무

Hainan, China 2007

쇠솥에 끓여내는 정체불명의 국물에 입맛을 다시기 시작했다. 내내 바다를 보며 책만 읽고 음악만 듣고 무표정하던 내가, 지나가는 사람들에게 눈인사를 하고 있었다. 리조트에서는 별 사진도 안 찍던 내가, 그 골목 안에서는 끊임없이 사진을 찍고 있었다.

***

북경에 있는 친구 집에 갔을 때도 그랬다. 상상 이상으로 크고, 복잡하고, 사람이 많고, 공기가 텁텁한 그 도시에서 나는 다섯 살 어린아이처럼 친구 곁에 딱 붙어 있었다. 중국어도 한마디 할 줄 모르는 내게 그 도시는 예상한 것보다 훨씬 불가해했다. 유명한 관광지도 딱히 내 취향은 아니었다. 친구에게 말했다.

"후통에 가자. 내가 책에서 봤는데 후통은 내가 좋아할 것 같아." 친구는 이상하다는 표정으로 말했다.

"후통은 골목이라는 뜻이야. 골목은 어디에나 있어. 지금 베이징 올림픽 때문에 많이 없애고는 있지만. 우리 집 바로 옆에도 있어. 슈퍼 갈 때 후통을 통해서 가보자."

그리고 결과는? 나는 이름도 모르고, 유명 관광지도 아닌 후통에 들어갈 때 제일 신났다. 착한 친구는 한국에서 건너온 이상한 취향의 나를 데리고 자기도 처음 들어가보는 후통을 찾아다녀주었다.

그리고 사진을 찍는 나를 말없이 기다려주었다.

　이유는 필요 없다. 동의도 필요 없다. 내가 이 사진들을 좋아한다는 사실이 중요하다. 그리고 그 사실을 안다는 것이 중요하다. 낯선 도시에 도착해서 내가 좋아하는 것을 찾지 못하고 방황할 때 나는 낯선 골목으로 접어든다. 지도 밖으로 벗어난다. 속살로 접어들수록 더 낡은 벽들이 있다는 걸 알기 때문이다. 그 벽의 사진을 찍고 나면 갑자기 기분이 좋아진다는 사실을 알기 때문이다. 그 이유는 나조차도 설명할 수 없다.

***

　사진을 배우고 난 후 처음으로 깨달은 사실은 사람만큼 사진에서 큰 역할을 차지하는 요소는 없다는 사실이었다. 어떤 사진 앞에서도 사람의 눈은 신기하게도 사람을 가장 먼저 찾아낸다. 아무리 구석에 있는 사람이라도, 아무리 작은 사람이라도 어김없다. 어떤 사진 앞에서도, 어떤 사람이라도 똑같다. 덕분에 사람이 없는 사진은 생기가 없기 십상이다. 물론 사람 하나 없이도 눈을 사로잡는 위대한 사진도 많다. 그 경지에 오르지 못한 내 경우에 한정해서 말하자면, 나는 사람이라는 피사체가 필요했다. 그 순간, 그 표정, 그 몸짓, 그러니까 그때가 아니면 다시 오지 않을 그 사람을 찍고 싶었다. 그

Nice, France 2009

Lauris, France 2009

래서 사람을 중심으로 찍는 것이 당연하게 여겨졌다.

그러나 벽 사진만은 예외였다. 벽 사진에는 사람이 필요치 않았다. 누군가가 신경 써서 가꿔놓은 창가, 창문마다 다르게 걸려 있는 레이스 커튼들, 거리낄 것 없이 다 내보이는 창문들, 해를 향해 가슴을 열어젖힌 빨래들, 해가 넘어간 뒤에도 바람에 걸려 있는 빨래들, 벽에 무심하게 기대 있는 자전거, 새 칠을 입은 벽, 한 번도 칠해지지 않은 벽, 지금 막 누가 그림을 그려넣고 있는 벽, 폐허에 홀로 남은 벽, 노란 벽, 파란 벽, 주황색 벽, 그 모든 색이 다 섞인 벽 등, 벽은 언제나 그 자체로 완벽한 모델이 되어주었다.

***

벽 중독자에 가까운 내게 가장 완벽한 한 도시를 꼽으라면 포르투갈 리스본을 꼽을 것이다. 리스본에서도 알파마 지구를 꼽을 것이다. 1755년, 27만 명의 리스본 시민 중 무려 9만 명을 죽음으로 몰아넣은 리스본 대지진에서 유일하게 살아남은 언덕 위의 동네, 알파마 지구.

도시에서 가장 오래된 골목들 앞에서 지도는 무기력해지고, 목적지를 향해 바쁘게 가던 관광객들은 길을 잃는다. 한 골목이 수 갈래의 길로 불친절하게 나눠지고, 오르막길과 내리막길은 어떤 법칙도 없이 교차된다. 차 한 대 겨우 지나갈 것 같은 길로 노란색 전차가 달리고, 그 옆으로 색색의 빨래가 널려 있고, 전깃줄이 지나간다. 낡고, 좁고, 바랬다. 그리고 그 낡고 좁고 바랜 것들이 모두 화려하게 빛난다. 눈앞에서 보면서도 믿을 수 없는 알파마의 실핏줄들이 기어이 살아남은 것이다. 지금까지도. 고맙게도.

당연히 알파마에도 재건축의 바람이 불었다고 한다. 알파마 지구는 리스본의 달동네니까. 가난하고 범죄율이 높은 동네를 깔끔한 새 동네로 만들고자 하는 열망. 그렇게만 된다면 모든 삶의 주름들이 제거될 것이라는 기대. 관광객들은 늘어나고, 범죄율은 낮아지고, 주민들의 삶은 좋아질 것이라는 망상. 온 지구를 개발의 논리 아래 줄 세우는 그 헛된 망상 앞에서 누군가가 아이디어를 냈다고 한다. 주름을 없애는 수술을 하는 대신, 이 주름에 이야기를 덧붙이자고. 그때부터 알파마 지구에는 수식어가 붙기 시작했다. '리스본 대지진에서 살아남아 리스본에서 가장 오래된 동네'라는 수식어가.

관광객이 몰리기 시작했다. 노란색 28번 트램을 타고 알파마 언덕에 오르는 것은 관광객들의 필수 코스가 되었다. 관광수익은 고스란히 주민에게 돌아갔다. 시에서 건물을 허무는 대신, 집 안을 리모델링해준 것이다.

주민들은 동네를 떠나지 않아도 되었다. 작은 가게들에도 사람들이 북적였다. 자연히 범죄율은 낮아졌다. 동네의 표정이 밝아졌다.

Lisbon, Portugal 2012

할머니는 그냥 집 앞 골목에 나와 햇볕을 쬐는 것뿐인데, 낡은 벽과 아기자기한 골목과 할머니가 어우러지며 자연스럽게 그림이 되었다. 골목도 살았고, 주민도 살았고, 리스본도 살았다.

무엇보다도, 벽들이 고스란히 살아남았다. 그리하여 알파마 지구에서 내가 한 일은 없었다. 다만 헤맸다. 끊임없이 헤맸다. 온갖 벽들이 나를 혼란스럽게 했다. 찍고 돌아서면 뒷벽이 말을 걸었다. 오른쪽으로 틀면 왼쪽 벽이 말을 걸었다. 방금 지나갔던 그 벽이 이번에는 햇살을 머금고 말을 걸었다. 어젯밤에 분명 찍었던 벽이 오늘 아침에는 전혀 다르게 보였다. 집 앞 슈퍼에 갈 때에도 카메라를 들고 갔다. 무겁고, 거추장스러운 필름 카메라였지만 언제 또 보물이 내 앞에 얼굴을 들이밀 줄 모르니까. 그때 카메라가 없으면 정말로 큰일이니까. 나는 알파마 지구에서 벽 사진을 찍었다. 그리고 한 장 한 장 찍을 때마다 만면에 미소가 돌았다.

***

남들은 그런 사소한 취향 따위, 라고 할 수 있겠지만 나는 나의 이 취향이 도시의 속살로 직행하는 능력이라고 생각한다. 그렇다. 어떤 취향은 능력이다. 여행지에서 특히 빛을 발하는. 그럴 수밖에 없는 것이 잘 관리된 유적지의 벽에는 별다른 이야기가 없다. 그 벽은

Lourmarin, France 2009

매끈하고 가지런하고 언제나 화장을 한 상태이다. 하지만 내 기준에서 예쁜 벽을 찾고, 그 벽을 따라가다 보면 필연적으로 일상에 도착한다. 그곳에서 가장 먼저 뛰어나오는 건 언제나 아이들이다. 거리낌 없이 얼굴을 카메라로 들이민다. 그 아이들을 흐뭇하게 바라보는 사람이 있다면 그것은 분명히 그들의 부모들이다. 무뚝뚝해 보여도, 가장 친절하게 낯선 이의 질문에 응대하는 사람들이 바로 그들이다. 벽들을 따라가다 예기치 않은 공연을 보기도 하고, 낯선 이에게 술을 얻어먹기도 한다. 동네 할머니 할아버지들로 가득 찬 바에 도착하기도 한다. 그들이 매일 들락거리는 식당 귀퉁이에 우리의 자리가 마련되기도 한다. 그러니 어떤 가이드북보다도 낡은 벽이 나에겐 가장 훌륭한 가이드가 된다.

좋아하는 것이 뚜렷하다는 사실이 때론 다른 여행을 선물한다. 외국에서도 한국에서도 그 사실은 변하지 않는다. 지금 사는 동네를 사랑하게 된 것도 낡은 벽들과 오래된 골목들 덕분이다. 낡고 오래된 것들이 그 오랜 시간 동안 만들어낸 색감과 질감을 좋아한다. 그걸 찾기 위해 기꺼이 헤맨다. 헤맬 때마다 보석이 내 손 위로 후두둑 떨어진다. 행복이라는 감정이 차올라 목 끝까지 간지럽힌다. 그렇게 행복한 감정으로 길을 걷노라면 또 다른 것들이 보인다. 낡은 벽을 좋아하는 낡은 내가 좋다. 그런 나라서 언제, 어느 도시에서라도 나는 쉽게 행복하다.

"왜 이렇게 나는 휘청일까.
사소한 상처 따위는 신경도 안 쓰는 나이가 분명 있을 텐데.
울음이 멈추는 나이가 나에게도 분명 올 텐데."

시간의
색깔

늘는다는 것에 집착하기 시작한 것은 언제부터일까. 고등학교 1학년 때였나. 이모에게 말했다.

"이모야, 하루하루가 너무 따박따박 간다."

힘껏 살았는데도 이제 겨우 하루가 갔을 뿐이고, 멀어지려고 꽤 노력했는데도 사춘기의 우울은 내 곁에 그림자처럼 붙어 있다고 느낄 때였다. 다 이해되지도 않는 집안의 여러 문제들은 곳곳에 상처로 머물러 있었고, 나는 내가 왜 이사해야 하는지도 모르면서 몇 번의 이사를 마친 힘없는 고등학생일 뿐이었다. 얼른 그 대책 없는 10대를 벗어나고 싶은데, 말처럼 쉽지 않았다. 하루가 너무 따박따박 정직하게 흘러갔다.

이모는 담담하게 대답했다.

"니 나이가 그런 나이다. 이모는 이제 눈 깜빡하면 한 달이 가고, 한 살을 더 먹는 나이대이. 갈수록 더 빨라진다 카대."

대학교 4학년. 한창 취업 원서를 써야 할 때, 모든 취업 원서에는 장래희망이랄까, 미래에 대한 포부랄까, 인생의 목표랄까 뭐 그런 걸 써내는 칸이 꼭 있었다. 당장 이 원서의 미래도 모르는데 '꿈, 희망, 포부, 미래' 같은 단어들은 늘 아득했다. 구체화되지도 않고, 상상조차 쉽지 않은 '미래'라는 거대한 시간 앞에 난 늘 길을 잃었다. 똑똑한 마케터, 성공한 영업사원 등이 정답인 것 같았고, 20대의 꿈이라면 모름지기 커리어우먼이랍시고 또각또각 비행기에 오르는 걸 꿈꿔야 할 것만 같았다.

하지만 그런 걸 감히 꿈이라 불러도 되나. 그건 그저 욕망이라 불러야 하는 것 아닐까. 혼란스러웠다. 그러다 나는 늙어버렸으면 좋겠다고 생각했다. 10대엔 10대라 힘들었고, 20대엔 20대라 너무 힘들었다. 왜 이렇게 시간은 무정형이지. 왜 이렇게 나는 휘청일까. 사소한 상처 따위는 신경도 안 쓰는 나이가 분명 있을 텐데. 울음이 멈추는 나이가 나에게도 분명 올 텐데. 그건 또 언제인가. 60이 되면 괜찮을 것만 같았다. 고요한 시간이 드디어 내게도 찾아올 것 같았다. 어떤 자극이 찾아와도 무심하게 고요하게.

60이 되고 싶었다. 그게 꿈이었다. 하지만 시간의 흐름에 따라 그저 늙어가는 것이 꿈이 될 수 있는 건가. 그냥 늙고 싶은 건가. 그건 아니지 않은가. 60살이 된 내 모습을 구체적으로 그려보았다. 고요한 얼굴이고 싶었다. 세상의 어떤 풍파도 감히 박살낼 수 없는 깊고 따뜻한 얼굴이면 좋겠다 싶었다. 그렇다면 그저 늙는 것이 아니라 잘 늙어야 했다. 그때면 얼굴에 모든 것이 다 새겨져 있을 텐데. 지금까지의 시간과 만남과 선택과 마음이 모두 새겨져 있을 텐데, 그 얼굴에 책임을 지고 싶었다. 그렇게 할 수만 있다면 괜찮은 인생이란 생각이 들었다.

그러자 잘 늙고 싶다는 것도 꿈으로서 꽤 괜찮다는 생각이 들었다. 그래서 언제부턴가 모든 취업 원서에 '잘 늙기'를 꿈으로 써냈다. 50군데 원서를 내고도 50군데에 다 떨어진 건 어쩌면 그 이유 때문일지도 모른다.

***

서른다섯 살이 되던 작년, 아는 분에게서 제의를 받았다. 내가 찍은 사진들로 전시를 하자는. 거창한 전시회라기보다는 그분의 카페에서 한 달간 액자를 거는 형식이었다. 어쨌거나 나로서는 첫 사진 전시회였고, 내가 10여 년 동안 찍어온 사진들을 다시 되돌아볼 수 있는 기회였다. 고맙게 수락했다. 그와 동시에 고민에 빠졌다. 주제를 무엇으로 할 것인가. 10여 년 동안 찍은 필름들이 산더미처럼 쌓여 있었고, 그중에서 스무 장 정도를 골라내야만 했다. 찍은 사진들을 보면서, 그걸 찍을 때의 내 마음을 상기하면서, 도대체 내가 무엇에 열광하는가를 찬찬히 돌이켜보았다.

명확했다. 늙음, 노인 혹은 시간의 흔적. 스무 장 정도의 사진을 앞에 두고 전시 제목도 자연스럽게 정해졌다. 시간의 색깔 (Color of Age). 그리고 전시회장에 이런 글을 써두었다.

나이라는 건

저절로 도착하는

정거장 같은 건데

나는 자꾸

빠른 열차를 타고 싶었다.

빠른 열차로

60이라는 나이에

도착해버리고 싶었다.

바람에 나부끼는 마음을 뒤로하고,

정처 없이 상처받는 시간을 모른 척하고.

Bonnieux, France 2009

더 이상은 그런 꿈을 꾸지 않는다.

대신 해마다 도착하는

그 나이의 색깔을 기다린다.

모두가 지니고 있는

바로 지금의 색깔에 열광한다.

여리고 미숙하거나

닳고 바래거나

모든 나이에는

그 나름의 색깔이 있다.

다시 오지 않을 색깔이 있다.

―〈시간의 색깔〉展

* * *

　한 할아버지가 생각난다. 카뮈의 무덤을 보겠다며 프랑스 남부의 작은 마을, 루르마랭(Lourmarin)에 도착했을 때였다. 숙소 마당에 들어섰을 때 내가 마주친 사람은 그걸 바지라 불러야 하나 싶을 정도로 짧은 청바지를 입고, 가슴까지 늘어진 민소매 셔츠를 입고, 나무 아래에서 그림을 그리고 있던 흰머리 할아버지였다. 남프랑스에서 그림을 그리는 할아버지라니. 낭만이 지나치다 못해 설정 같았다.

무슨 유명한 화가라도 되나 싶어 흘낏 그림을 봤는데, 곤란해졌다. 얼른 고개를 돌렸다. 할아버지 눈을 마주치면 그림에 대해 뭐라도 말해줘야 할 것 같았기 때문이다. 그림이 뭐랄까, 입에 발린 말로라도 칭찬을 해주기 힘든 그런 수준이었다. 다행히 할아버지는 내 곤란함을 눈치 못 채고 집 안의 주인을 불렀다. 주인 할머니는 영어를 할 줄 몰랐고, 나는 불어를 할 줄 몰랐고, 할아버지는 유창하게 우리 둘 사이를 통역해주었다. 모든 수속이 다 끝나고 마당에 내려오자 할아버지는 차가운 화이트 와인을 한잔 내게 따라주었다. 처음 알았다. 여름의 한낮에 나무 그늘 아래에서 마시는 차가운 화이트 와인은 모든 것을 내려놓게 만든다는 걸. 그때부터였다. 숙소에 유일한 손님이었던 할아버지와 내가 친해지기 시작한 것은.

손바닥만 한 그 도시에 나는 나흘을 머물렀다. 나흘 내내 아침이 되면 설렁설렁 마을로 걸어나가 마을 유일의 빵집에 가서 빵을 사고, 그 옆의 카페에 가서 커피를 시켰다. 책을 읽으며 빵과 커피를 먹고 있노라면 할아버지가 휘적휘적 걸어 나와 똑같이 빵을 사고 똑같이 커피를 마셨다. 숙소에 돌아와서 오늘 갈 곳들을 체크하고 집을 나서면 늘 할아버지가 배웅해줬다.

"오늘은 어디에 갈 거야?"

"옆 마을에 잠깐 가보려구요. 거기서 오늘 북페어가 있다네요. 할아버지는요?"

"나는 오늘도 그림을 그릴 거야."

저녁이 되어 와인과 치즈를 사서 숙소로 돌아오면 할아버지는 자신의 저녁을 준비했다. 그리고 우리 둘은 함께 저녁을 먹었다. 나는 오늘 가본 곳들에 대해 말해주고, 할아버지는 할아버지의 오늘에 대해 내게 말해주었다.

"오늘도 하루 종일 그림만 그린 거예요? 아무 곳도 안 가고?"

"응. 그러려고 네덜란드에서 여기까지 온 거잖아."

"그래도 다른 곳도 아닌, 여기 온 이유가 있을 거 아니에요."

"그림 그리려고."

"그게 전부?"

"응. 이상하지? 그림도 못 그리는 주제에. 너무 못 그려서 초급반만 세 번이나 들었어. 그래도 세 번이나 들었으니까 나는 초급반의 전문가라고 할 수 있지."

"우와. 초급반만 세 번? 대단하네요."

"네덜란드로 돌아갈 때쯤이면 이 그림을 완성할 것 같아. 이번 겨울에는 또 다른 곳에 가서 내내 그림만 그리려고. 근데 여기가 너무 싸고 좋아서, 여기 또 올 것 같기도 해."

순수한 열망이었다. 뭐가 될 것 같다는 욕심도 없이, 남들이 어떻게 볼까, 여기까지 왔는데 뭐라도 봐야 하지 않을까, 어디라도 가

Lourmarin, France 2009

야 하지 않을까 하는 조바심도 없이, 그림을 그리고 싶어 했다. 펄펄 끓는 욕망도 아니었고, 자신을 위한 담담한 바람이었다. 아이가 생기지 않아서 입양을 했다는 이야기를 할 때에도, 그 아들에게 전화가 걸려 와서 고민을 상담할 때에도, 나의 고민을 들어줄 때에도 할아버지는 내내 고요했고 담담했고 따뜻했다. 어쩌면 내가 원하는 60살의 내 모습은 저런 모습이 아닐까 어렴풋이 짐작했다.

물론 이제는 안다. 내가 어릴 적 꿈꾸었던 그런 말짱한 나이는 없다는 걸. 60이 되어도 내가 꿈꾸는 것처럼 무심하게 고요할 리 없다는 걸. 오늘은 여기가 아파 우울할 것이고, 내일은 저기가 골칫거리일 것이다. 내가 괜찮은 어떤 날에는 남편이 말썽일 것이다. 그때 내게 일거리가 있다면 그 일이 하기 싫어 몸부림일 것이고, 그때 내가 백수라면 앞으로 남은 세월 동안의 가계가 걱정일 것이다. 전 세계를 여행하고도 남을 시간이 있지만 돈이 없을 수도 있고, 돈이 있더라도 몸이 안 따라줄 수도 있다. 장기하의 노래처럼 '별일 없이 산다'라는 친구의 말이 제일 부러운 말이 될 수도 있다. 별일이 없다니. 난 아직도 순간순간이 별일이라 미치겠구먼. 어쩌면 루르마랭의 그할아버지도 네덜란드에서의 생활이 지긋지긋해 혼자서 여행을 온 걸지도 모른다. 나름의 방법으로 도피 중이었을지도 모른다. 결국은 아무도 모를 일이다. 할아버지의 60은 무슨 색깔이었을까.

그럼에도 불구하고 나는 젊음의 형광빛보다는 늙음의 희미한 빛

Lyon, France 2013

에 끌린다. 느릿느릿 걸어가는 배 나온 할아버지들의 나뭇등걸 색깔을 좋아한다. 거동이 불편한 노부부가 서로를 챙겨줄 때의 빛바랜 노을 색은 늘 찡하다. 골목골목 수다를 떨고 있는 할머니들의 하얀 머리를 보면 경쾌해진다. 심술궂은 얼굴을 하고 있는 할머니의 회색 표정도 꽤 귀엽다. 머리끝부터 발끝까지 분홍색으로 차려입고, 할아버지에게도 분홍색 니트 티셔츠를 입힌 할머니를 봤을 때는 가던 길을 되돌아갔다. 할머니를 붙잡고 사진을 찍고 싶다고 말했다. 나는 한 번도 좋아해본 적이 없는 그 색깔이 그렇게 예뻐 보일 수가 없었다.

나는 60살의 나를 모른다. 짐작조차 할 수 없다. 그렇기에 그 모든 세월을 통과한 노인들을 볼 때면 늘 뛰어가서 사진을 찍는 걸지도 모른다. 그들 각각의 시간을 사진으로 찍으며 막연하게 나의 시간을 상상해보는 걸지도 모른다. 60이 되었을 때 나의 색깔. 그 상상만으로도 마음은 이미 핑크빛으로 두근거린다.

Paris, France 2013

Marvão, Portugal 2012

Lisbon, Portugal 2012

Castel de vide, Portugal 2012

Dijon, France 2013

제4장

배우다 : 몸 의   기 록

"오늘도 나는 뭔가를 한다. 새로운 것들을 경험한다.
새로운 것을 배운다. 그리고 행복해한다."

배우다

나는 내가 강백호 같은 사람이면 좋겠다. 이 말을 문자 그
대로 해석하면 곤란하다. 강백호 같은 농구천재가 되고 싶다는 이야
기가 아니다. 농구는 해본 적이 없지만, 점프력이 좋고, 공을 향한
집념이 강하고, 끈기도 있고, 지구력도 있고, 승부욕도 있고, 서태웅
을 향한 질투도 강하고, 소연이에 대한 사랑도 강해서 농구를 한번
시작만 하면 잘하지 않을 도리가 없는 사람. 나는 내가 그런 사람이
면 좋겠다. 역시나 이 말을 문자 그대로 해석하면 곤란하다. 점프력
과 지구력을 키우겠다는 이야기가 아니다. 농구를 잘하고 싶다는 이

야기는 더더욱 아니다. 강백호에게 농구를 잘할 수밖에 없었던 기본기가 있었던 것처럼, 나에게 인생을 잘 살 수밖에 없는 기본기가 있었으면 좋겠다는 이야기다. 그 기본기를 키우기 위해 책을 읽고, 음악을 듣고, 사진을 찍고, 여행을 다니고, 뭔가 끊임없이 하고 있다. 그렇게 비옥하게 가꿔진 토양이 있어야 회사에서 새로운 아이디어도 내고, 새로운 카피도 쓰고, 새로운 뭔가도 시도할 수 있다고 믿는다. 무엇보다 행복한 삶을 살 수 있다고 믿는다.

나는 내가 비옥한 토양을 가진 사람이었으면 좋겠다. 여기에서 어떤 나무가 자라날지는 모르겠지만 그 나무가 튼튼했으면, 아름다웠으면 좋겠다. 물론 이미 카피라이터라는 나무 한 그루가 자라고 있다. 그 나무를 튼튼하게 키우기 위해 나름의 노력을 기울이고 있다.

하지만 그 나무가 나의 마지막 나무가 될 것이라고는 생각하지 않는다. 사람의 일이란 알 수 없는 법이니까. 또 어떤 나무가 뿌리를 내리기 시작할지 알 수 없다. 하지만 내가 그 나무를 키우기로 결심을 한다면, 잘 키우고 싶다. 그러기 위해서는 미리미리 비옥한 토양을 가꿔야 된다고 생각한다. 그렇게 열심히 토양을 가꿨는데도 아무 나무도 안 자란다면? 그 역시 어쩔 수 없다고 생각한다. 그래도 내게 비옥한 토양은 남을 테니까. 그 토양을 가꾸는 과정에서 나는 충분히 행복할 테니까. 그 토양을 가지고 있다면 도대체 행복하지 않을 도리가 없으니까.

그래서 오늘도 나는 뭔가를 한다. 새로운 것들을 경험한다. 새로운 것을 배운다. 그리고 행복해한다. 비옥한 토양의 주인이 되어 비옥한 웃음을 짓는다. 나는 알고 있다. 그 땅엔 이미 '나'라는 나무가 자라고 있다는 것을. 그 나무가 행복하게 자랐으면 좋겠다. 그 이상을 바란 적은 없다. 그것만으로도 차고 넘친다.

"광고를 직업으로 가진다는 건 끊임없이 배우는 일이었다.
어쨌거나 배웠다. 배워야 아이디어가 나오니까.
배워야 카피 한 줄이라도 제대로 쓸 수 있으니까."

6개국어
정복기

팔자다. 이 성격은 팔자다. 여섯 살 때부터 이 지경이면 팔자라는 말을 붙여도 손색이 없다. 그러니까 내가 여섯 살 때 엄마는 집에서 피아노 수업을 했다. 동네에 사는 언니 오빠들이 엄마에게 피아노를 배우기 위해 수시로 들락거렸다.

혼자서 TV를 보고 있던 어느 오후였다. 여섯 살인 나는 방바닥에 앉아 고개를 한껏 뒤로 젖히고 TV 속 만화에 집중하고 있었다. 언니 한 명이 "민철아 안녕!"이라고 말하고 피아노가 있는 방으로 들어갔다. 나는 계속 만화를 보고 있었다. 또 한 명의 언니가 "민철아 안

녕?"이라고 말하고 그 방으로 들어갔다. 그때 나는 생각했다.

'내가 이러고 있을 때가 아닌데……'

그때 왜 나도 뭔가 해야 한다는 생각을 했을까. 만화를 보는 건 시간을 허비하는 일이라 생각을 했던 걸까. 그래 봤자 여섯 살짜리가 할 수 있는 일이라고는 인형놀이나 동화책 읽기나 낮잠밖에 없었을 텐데. '내가 이러고 있을 때가 아닌데……'라니. 나도 알 수 없다. 내가 왜 그랬는지. 그러니까 말하는 거다. 이 성격은 팔자라고. 그냥 나는 그렇게 생겨 먹은 인간인 것이다.

내가 일곱 살 때 엄마는 마침내 피아노 학원을 차렸다. 유달리 수줍음이 많았던 엄마는 찾아오는 학부모와 애들을 상대하느라 바빴고, 나 역시 나대로 바빴다. 이것저것 배우고 싶은 것이 너무 많았다. 그러다 보니 어느새 나는 학원만 여덟 개를 다니고 있었다. 초등학교 3학년 때의 일이다. 엄마는 몰랐다. 내가 그렇게나 많은 학원을 다니고 있는지. 엄마는 애들을 가르치느라, 동생과 나를 키우느라 늘 바빴으니까.

바쁜 엄마에게 나는 "엄마, 3만 원만."이라고 말했다. 그럼 엄마는 오늘 받은 수강료 봉투를 열어 그 돈을 내게 주었다. 그럼 나는 그 돈을 들고 서예학원을, 한자학원을, 미술학원을, 수학학원을, 영어학원을 기타 등등의 학원을 갔다. 딱히 엄마가 다니라고 한 건 아니었다. 친구 중에 누군가가 서예를 배운다고 말하면 나도 배우고 싶었다. 그럼 엄마에게 가서 서예를 배우고 싶다고, 돈을 달라고 말했다. 친구 중에 누군가가 영어를 배운다고 말하면 나도 영어가 너무 배우고 싶었다. 친구에게 물어 그 학원을 찾아갔다. 나도 배우겠다고 말했다. 그리고 엄마에게 돈을 달라고 말했다. 신기하게도 엄마는 나를 너무 믿었고, 그 돈을 어디에 쓰는지 딱히 묻지 않았다. 그래서 나는 늘 바빴다. 열 살인 주제에.

***

알아서 여덟 개의 학원을 다니던 꼬마는 커서, 알아서 닥치는 대로 언어를 배우는 대학생이 되었다. 시작은 독일어였다. 철학과였으니까. 고등학교 때는 그렇게 하기 싫던 독일어, '미'도 겨우 받았던 그 언어를 배우기 위해 방학 때 하루 네 시간씩 학원에 다녔다. 재미있었다. 더듬더듬 독일어를 읽는 재미에 빠졌을 때, 한 선배가 제안해왔다.

"너 라틴어랑 희랍어 배울 생각 있어?"

라틴어와 희랍어라니! 나는 철학과인데! 그럼 당연히! 라틴어와 희랍어를 배우기 시작했다. 그래! 기초부터 탄탄히 다지는 거야. 영화에서도 보면 좋은 고등학교에 다니는 애들은 모두 라틴어를 배우잖아? 라틴어는 모든 언어의 기본이니까. 순식간에 내 책상은 희한

한 문자들로 가득 찼다. 독일어는 어떻게 됐냐고? 당연히 뒷전이었다. 배우기는 어려웠지만 잊어버리기는 쉬웠다.

하지만 영화에서 괜히 라틴어가 언급되는 게 아니었다. 영어가 모국어인 사람에게도 어려운 언어가 라틴어였다. 거기다 희랍어! 이놈의 언어는 문자부터 이상했다. 수학시간에나 봤던 알파, 베타가 그들의 문자였다. 심지어 하나의 동사가 60개로 변화한다는 걸 깨닫는 순간, 라틴어와 희랍어는 독일어의 수순을 밟았다. 토씨 하나 안 남고 그대로 사라졌다. 아무렴 그렇지. 내 머리는 60개의 동사 변화를 감당할 수 있는 수준의 머리가 아니었다. 내 머리가 아무리 안 좋아도 그 정도는 알고 있었다.

다음은 일본어였다. 라틴어와 희랍어는 1년이나 배웠지만 도대체 써먹을 곳이 없었는데 일본어는? 배우는 족족 써먹을 수 있을 것 같았다. 거기에다가 당시 좋아하던 남자애가 일본어에 열성이었다. 같이 시간을 보내려면? 당연히 같이 일본어 공부를 해야 했다. 이번에는 학원도 안 다녔다. 왜? 그 남자애한테 물어보면 되니까. 그래야 연애가 되니까. 처음으로 언어를 배운다는 것이 실용적이라는 것을 깨달았다. 심지어 일본어는 쉬웠다. 하기야 라틴어와 희랍어를 배운 후에는 아프리카 소수민족 언어를 갖다 줘도 쉬울 것이다. 쉽고, 금방 익힐 수 있고, 한국어랑 비슷한 단어도 많았지만, 결국은 연애가 소멸해감에 따라 일본어에 대한 열정도 소멸해버리고 말았다.

ἀλλά (conj.)   but
ἀντί (prep.)   + gen.   ins
ἀρετή, ἀρετης, ἡ   ex
βουλή, βουλῆς, ἡ   u
γράφω, γράψω, ἔγραψα,
γέγραφα, γέγραμμαι, ἐγρό
δή (postpositive particle)
δῆμος, δήμου, ὁ
δημοκρατία, δημοκρατία

monstro (1)   shoo
oppidum. T.   tou
perdo, perdere, perdidit, pe
periculum. —T. N.
pono, ponere, posuit, posi
quod (conj.)
regnum, —T. N.
respondeo, respondere,

살면서 다시 공부할 일이 없을 것 같아 라틴어와 희랍어 책과 노트는 버렸다.
버리기 전에 그 흔적을 사진으로는 남겨두었다. 위는 희랍어, 아래는 라틴어

내가 봐도 한심했다. 도대체 끈기라고는 없었다. 커서 뭐가 되려고 이러나 나는. 대충 공부했다면 덜 억울했을 것이다. 심지어 열심히 했다. 독일어도 열심이었고, 라틴어와 희랍어는 대충의 공력을 쏟아붓는다고 되는 언어가 아니었다. 일본어도 두말할 것도 없이 열심이었다. 그 모든 시간을 다 합해서 영어에 쏟아부었다면 이미 동시통역관이 되었을 것 같았다.

그 와중에 그나마 자신 있었던 영어는 계속 뒷걸음질 중이었다. 중학교 때 새벽마다 일어나서 〈굿모닝팝스〉를 들었던 그때의 영어 실력보다 지금이 더 엉망이었다. 덕분에 남들은 다들 토익 점수를 따고 바쁘게 취업 준비를 하는데, 나는 토익 시험은커녕 토익 공부도 한번 안 해본 지진아가 되어 있었다.

욕심의 끝은 거기가 아니었다. 회사를 들어가서는 회사를 그만두고 프랑스에 가겠다고 불어를 배우기 시작했다. 과연 이번엔 달랐다. 파리 공항에 도착하는 순간부터 불어공부를 한 것이 빛을 발했던 것이다. 공항 지하철 티켓 기계 앞에서 허둥지둥거리니 뒤에 기다리던 여자가 한마디 했다.

"Vous parlez Francais?(불어 할 줄 아세요?)"

"Non! (아니요!!!!!!)"

그러자 바로 그 여자가 영어로 사용법을 알려줬다. 그리고 거기에서 찬란했던 나의 언어정복기들은 마무리되었다. 거기까지였던 것이다. 내 능력은.

＊＊＊

영어, 독일어, 라틴어, 희랍어, 일어, 불어. 사람들은 내 언어 욕심에 대한 이야기를 들을 때마다 박장대소를 한다. 그리고 하나라도 기억하는 언어가 있느냐고 묻는다. 그럴 때마다 내 대답은 같다. 기억할 리가 없다. 기본적으로 단어를 외우는 뇌세포가 없다. 그런데 왜 그렇게 많은 언어에 욕심을 냈느냐고? 모르겠다. 언어에 유독 욕심이 많아서? 그런 것 같지도 않다. 어쩌면 그냥 배우고 싶었던 걸지도 모르겠다.

끊임없이 배우고자 하는 열망. 나조차도 알 수 없는 이 열망. 어쨌거나 확실한 것은 뭔가를 배울 때의 나는 확실히 에너지로 가득 차 있다. 사소한 일에도 쉽게 즐거워하고, 바쁘다고 입버릇처럼 말하지만 기어이 짬을 내서 배우러 달려간다. 그러니 나에게 '배운다'라는 말은 장밋빛 미래를 위한 말이 아니라 장밋빛 현재를 위한 말이 된다.

어쩌면 카피라이터로 17년째 살 수 있는 것도 같은 이유인지 모르겠다. 신입사원으로 출근한 첫날, 대표님은 말씀하셨다.

"일을 하다 보면 좋은 선배도 만날 거고, 나쁜 선배도 만나게 될

209

거다. 하지만 후배의 유일한 특권은 좋은 선배의 좋은 점은 배우고, 나쁜 선배의 나쁜 점은 안 배우면 된다는 거지."

이 말을 듣는 순간, 조마조마하던 내 마음의 주름살은 순식간에 펴졌다. 배우면 된다니. 그냥 그러면 된다니. 그건 내가 제일 잘하는 건데. 그건 내가 제일 좋아하는 일인데.

과연 광고를 직업으로 가진다는 건 끊임없이 배우는 일이었다. 우선 새로운 프로젝트를 맡을 때마다 배워야 했다. 하물며 팀장님도 신입사원인 나를 불러다가 가르쳐달라고 말했다.

"네이버 블로그 검색은 어떻게 하는 거니?"

네이버 광고를 만들 때의 일이었다.

20대 초반의 아이들을 위한 화장품 광고를 만들 때엔 회사 인턴 사원을 불러다 놓고 가르쳐달라고 말했다. "나는 30대 중반 아줌마라 이런 건 잘 몰라."라고 변명을 늘어놓으며. 아웃도어 용품 광고를 만들 때엔 50대 아줌마 아저씨들을 만나서 그들을 배웠다. 나는 산에 안 가지만, 나는 아웃도어 의상들이 아무래도 적응하기 힘들었지만, 어쨌거나 배웠다. 배워야 아이디어가 나오니까, 배워야 카피 한 줄이라도 제대로 쓸 수 있으니까.

하지만 가장 큰 배움들은 사람들이었다. 유난히 사람 운이 좋은 나는, 유난히도 좋은 선배들만 만났다. 어떻게 카피를 써야 하는지, 어떻게 사람들을 설득시켜야 하는지, 어떻게 말도 안 되는 상황에서도 결국 빛을 찾아내는지, 어떻게 그 빛 쪽으로 사람들을 이끄는지, 어떻게 절망하지 않는지, 어떻게 고집을 부리는지, 어떻게 욕심을 부리는지, 어떻게 회사와 사생활을 분리해야 하는지, 후배에겐 어떻게 해야 하는지, 그 모든 것들을 회사에서 배웠다. 선배들에게 배웠다.

여섯 살 때 뭐라도 배워야 하지 않을까 생각했던 그 아이는 커서 카피라이터가 되었다. 그리고 끊임없이 배우고 있다. 배우는 걸 직업으로 살아가고 있다.

"계속했으니까. 몸에게 시간을 줬으니까.
그래서 결국은 머리의 말을 몸이 알아들은 거니까. 계속하는 거다."

때때로
공방

수요일, 회사가 끝나면 도예공방에 간다. 벌써 4년째다.
사고 싶은 그릇이 하도 많아서, 이러다가는 집안이 거덜 나겠다 싶
어서 시작한 취미이다. 시작하고 얼마 지나지 않아 바로 깨달았다.
내 손으로 직접 만드는 것도 집안을 거덜 낼 일이라는 걸. 차라리 사
는 게 싸다는 것을. 마음에 드는 그릇을 만드는 건 정말 내 맘 같지
않은 일이었다. 어찌 그리 끊임없이 엉망진창인 그릇들만 자꾸 만
드는 건지. 설상가상으로 엉망인 그릇들이 찬장을 가득 채워버렸다.
하지만 이제 와서 그만둘 수는 없었다. 손에 흙을 묻히는 즐거움을

알아버린 것이다.

회사에서 스트레스가 심했던 어느 날 , 다급하게 선생님에게 전화를 걸었다.

"선생님, 오늘 도예 하러 가도 되나요?"

"오늘 원래 수업 하는 날 아닌데요?"

"근데, 제가 오늘 스트레스가 너무 심해서 흙을 좀 만져야 될 것 같아요."

"오세요. 오세요."

말이 지겹고, 글이 구차하다 느껴질 때 아무 생각 없이 흙을 만질 수 있는 시간이 있다는 게 큰 위로였다. 흙을 만지는 시간만큼은 정직해지는 느낌이었다. 흙이 정직했으니까.

무게를 실어 미는 방향으로 정직하게 흙은 나갔다. 흙이 달라지면 결도 색깔도 결과물도 달라졌다. 같은 흙이라고 해도 날씨에 따라 성질이 달라졌다. 흙끼리 붙일 땐 끝에서부터 한 땀 한 땀. 절대 공기가 들어가지 않게 해야 했다. 공기가 들어가면, 가마 속에서 흙이 터졌다. 약간이라도 갈라진 곳이 있으면, 어김없이 가마 속에서 쩍 하고 갈라졌다. 흙은 정직했다.

***

그렇게 2년이 지나고, 선생님은 내게 물레작업을 시작하자고 말을 했다. 마침내 내게도 〈사랑과 영혼〉의 데미 무어가 될 수 있는 기회가! 설레는 마음으로 물레 앞에 앉았는데, 그놈이 내게 인생을 가르치기 시작했다. 세상이 그리 만만한지 알았더냐! 이놈 맛 좀 봐라!

흙은 작정하고 내게 세상을 기초부터 알려주었다. 중심을 잡아야 했다. 기본은 중심이었다. 중심이 안 잡히면 내 손목이 으스러질 것만 같은 느낌이었다. 억지로 그 큰 흙덩이를 뚫어야 했으니까. 그 와중에 제대로 힘 조절을 하지 않으면? 어김없이 데미 무어가 되었다. 방금 전까지 완벽한 그릇의 모양을 했던 그릇이 순식간에 흙덩이로 돌아가버리는 것이었다. 어떤 날은 수업이 끝난 후 손목에 압박붕대를 감아야 했다. 어떤 날은 손 구석구석이 쓰라렸다.

1년을 했지만 실력은 늘 제자리걸음인 내게, 선생님은 늘 같은 질문을 한다.

"오늘은 무슨 흙으로 하시겠어요?"

어차피 나는 백자토 아니면 산백토를 고를 거면서 매우 신중한 척 고민하다 대답한다. 백자토는 깨끗하게 나올 것이고 산백토는 투박하고 꺼끌꺼끌하게 나올 것이다. 산백토가 나의 취향이지만 안심되는 건 백자토다.

215

"오늘은 왠지, 산백토?"

그럼 선생님이 길쭉한 흙덩이를 가져와서 일정한 크기로 잘라 모서리를 두드려 매끈한 총알 모양을 만들어준다. 그걸 선생님은 '꼬막만다'라고 말한다. 선생님이 내가 고른 흙으로 꼬막을 말아주면, 나는 그 꼬막을 물레 위에 올리고 탕탕탕탕 몇 번 쳐준 다음에 물레를 돌리며 흙을 고정한다.

물을 잔뜩 묻혀가며 흙덩이를 위로 올렸다 아래로 내렸다를 반복하다 보면 어느새 흙덩이의 중심이 잡힌다. 선생님은 두세 번이면 잡히고, 나는 수십 번은 해야 겨우 잡힌다.

"선생님, 이거 중심 잡혔어요?"

"아니요. 아래쪽이 좀 흔들려요."

아직 흙덩이의 중심이 잡힌 건지 아닌 건지도 난 모른다. 몇 번 더 하다가 다시 선생님을 부른다.

"선생님, 이건요?"

"어디까지 뚫으실 거예요?"

"모르겠어요."

"윗부분만 뚫으실 거면, 윗부분은 중심이 잡혔어요."

그럼 의기양양하게 엄지손가락으로 흙덩이를 뚫어 내려간다. 그리고 어김없이 중심은 다시 흔들리기 시작한다.

그날도 마찬가지였다. 수십 번을 노력해서 겨우 중심을 맞췄건

흑유를 바른 다음에 닦아낸 꽃병들

만, 또 스스로 중심을 무너뜨린 것이었다. 보다 못한 선생님이 물레 앞에 앉았다. 그리고 차근차근히 다시 처음부터 알려주셨다. 아무리 열심히 중심을 잡아도, 양손의 힘이 다르기 때문에 흙을 뚫다가 다시 중심이 흔들리는 거다. 차라리 한 손으로 뚫어라. 단, 흙은 손 전체로 감싸야 한다. 그래야 흙이 돌면서 손의 결을 따라 내려가니까. 다 뚫은 다음에는 바닥을 펴야 한다. 바닥을 펴야 그릇의 두께가 일정해진다. 편 흙을 위로 가지고 올라와야 한다. 조급해하지 말고, 천천히. 올라와서는 힘 빼고.

찬찬히 선생님의 손을 계속 보았다. 1년 동안 계속 봤던 손동작이었다. 이미 알고 있는 손동작이었다. 하지만 차근차근 머리에 그 동작을 다시 새겼다. 그리고 다시 물레 앞에 앉았다. 흙의 중심을 잡았다. 그리고 선생님의 손을 기억하며 구멍을 뚫는데, 갑자기 손가락이 쑤욱 흙으로 빨려 들어갔다. 별로 힘도 안 줬는데. 손목도 안 아픈데. 쑤욱. 구멍이 뚫려버렸다. 어이없을 정도로 쉽게.

처음이었다. 드디어 중심이 잘 잡힌 거다. 중심을 잡고 있으니 흙도 말을 잘 들었다. 아, 이게 중심이 잡히는 거구나. 기뻐서 큰 소리로 선생님을 불렀다.

"선생님, 완전, 완전 감 왔어요. 아…… 이게 중심을 잡은 느낌이구나…… 아…….'

상기된 얼굴로 흙을 만지며 계속 선생님의 손 모양을 기억했다.

바닥을 펴고, 흙을 가지고······ 갑자기 멍해졌다.

"선생님, 저 언제부터 물레로 그릇 만들기 시작했어요?"

"작년 1월?"

"그럼 물레를 벌써 1년 넘게 배운 거예요?"

"그런 건가······ 그렇네, 벌써."

"근데 1년 동안 감도 못 잡고 있다가, 이제야 잡은 거예요?"

선생님은 약간의 망설임도 없이 대답했다.

"계속했으니까, 오늘 내가 한 말이 무슨 말인지 안 거예요. 계속했으니까, 조금만 잡아줘도 금방 만들 수 있는 거예요."

흙을 만지며 생각했다. 선생님 말이 맞았다. 선생님은 1년 넘게 나에게 계속 같은 말을 했다. 흙을 손 전체로 감싸세요. 구멍을 뚫을 때 중심이 안 흔들리게 조심하세요. 밑에서 흙을 천천히 가지고 올라와야 해요. 이제 속도 좀 늦추세요. 계속 같은 말을 했고, 나는 그 말이 무슨 말인지 도무지 몰랐다. 그 말을 알아들을 수 있는 밭을 만드는 데 1년이 걸린 것이다. 이제 겨우 밭을 갈았고, 이제 겨우 씨앗을 뿌린 거다. 아니 그 전에 손 작업을 한 시간까지 합치면 거의 4년이 걸린 셈이다. 대학교를 졸업할 시간 동안 이제 겨우 중심 잡는 법을 몸이 익힌 것이다.

문득문득 선생님의 말이 생각날 때가 있다. 계속했으니까 안 거다. 그만두지 않았으니까 안 거다. 지치지 않았으니까 그 열매를 맛

본 거다. 지쳐도 계속했으니까 그 순간의 단맛을 볼 수 있었던 거다. 이게 뭐가 될까 생각하지 않았으니까. 뭐가 될 거라고 기대를 했다면, 꿈에 부풀었다면, 내 손이 원망스러웠을 것이다. 재능 없음에 한탄했을 것이다. 쉽사리 나가떨어졌을 것이다. 하지만 그러지 않았으니까. 계속했으니까. 몸에게 시간을 줬으니까. 그래서 결국은 머리의 말을 몸이 알아들은 거니까. 계속하는 거다. 묵묵히. 계속 가보는 거다. 마치 인생의 잠언 한 줄을 얻은 기분이었다.

그래서 중심 잡는 법을 터득한 후에는 어떻게 되었냐고?

그 사실에 너무 흥분을 해서 그 뒤에 그릇을 세 개 연속으로 망가뜨렸다. 〈사랑과 영혼〉에서 보던 것처럼, 후루룩, 망가뜨렸다. 계속 망가뜨리고, 계속 다시 만들고 있다.

브랜드도 만들었다. '때때로공방'. 때때로 흙을 만지며, 때때로 그릇을 만들며, 때때로 잘 나온 그릇이 있으면, 때때로 팔기도 하는 브랜드. 너무 때때로 하고 있기에 이게 뭐가 되기나 할까 싶지만, 계속 가볼 생각이다. 시간의 힘을 믿어볼 생각이다. 흙이 내게 알려준 것처럼.

야금야금 만든 꽃병들을 장식장에 두니 제법 그럴싸해서 볼 때마다 뿌듯하다

"프랑스의 하이네켄 병뚜껑에는 'open' 대신 불어로 'ouvert'가 적혀 있었다.
이런 건 레어템이기 때문에 얼른 사지 않으면 곤란하다."

"병뚜껑은
모을 만하지."

취미도 유전자로 대물림된다. 시아버지에겐 수집의 취미가 있다. 외국 지폐도 모으시고 우표도 오랫동안 모으셨다. 남들에게 쓸모가 없는 것도 시아버지에게 오면 언젠가는 쓸모가 생긴다. 그래서 시아버지는 차곡차곡 뭔가를 잘 모으신다.

하지만 시어머니는 시아버지의 그 취미가 지겹다. 시어머니는 그 어떤 것도 수집할 의향이 없으시다. 문제는, 시어머니의 유전자 대신 시아버지의 유전자가 남편에게 대물림되었다는 사실이다. 그리하여 남편은 맥주 병뚜껑을 모은다.

하루는 시부모님이 우리 집에 놀러오셨다가 수백 개의 병뚜껑을 보셨다. 너까지 이런 걸 모으는거냐, 라며 지긋지긋한 얼굴로 아들을 바라보는 시어머니의 등 뒤에서 시아버지는 흐뭇한 표정으로 고개를 끄덕이셨다. 그리고 한마디를 남기셨다.

"병뚜껑은 모을 만하지."

시어머니는 기겁할 이야기겠지만, 나는 병뚜껑은 모을 만하다고 생각하는 입장이다. 남편이 나를 만나기 전에 먼저 시작한 이 취미를 보는 순간, 나도 기꺼이 참여하게 되었다. 팀 회식을 할 때에도 새로운 맥주가 있으면 꼭 시켜서 맥주 뚜껑을 챙겼고, 혼자 외국 여행을 가서도 열심히 병뚜껑을 보고 다녔다.

프랑스의 하이네켄 병뚜껑에는 'open' 대신 불어로 'ouvert'가 적혀 있었다. 이런 건 레어템이기 때문에 얼른 사지 않으면 곤란하다. 이 뚜껑을 손에 넣고 어찌나 기뻤는지 한국에 있는 남편과 그 비싼 국제통화도 했다. 도쿄에서는 우리가 잘 아는 호가든 병뚜껑이 은색 대신 푸른색이었다. 사무엘 아담스는 시즌마다 스페셜 맥주를 출시하고, 그때마다 뚜껑도 다른 색이 된다. 덕분에 도쿄 친구 집에 놀러 갔다가도, 시장조사를 하러 백화점에 갔다가도 맥주를 사서 돌아왔다. 어쩔 수 없는 일이다.

생전 처음 보는 맥주 병뚜껑도 환영이지만, 우리가 이미 가지고 있는 병뚜껑에서 약간의 변주가 된 병뚜껑을 보면 더 기분이 좋아진다. '미세한 변화까지 우리는 알아챈 거야!'라는 자부심 때문일까? 어쨌거나 색깔이 약간 바뀌거나 로고 크기가 약간 줄어들었다거나 스페셜 버전이 찍혀 있거나 하면 우리에겐 그 모두가 다른 병뚜껑이다. 그래서 마트에 가면 우리가 이미 가지고 있는 맥주 병뚜껑들도 매번 살펴본다. 그리하여 카스 병뚜껑도 열 개가 넘고, 하이트 병뚜껑도 여럿이다. 전 세계를 돌아다니며 각기 다른 기네스 병뚜껑도 여러 개 모았다.

이상한 일이다. 나조차도 이해할 수 없는 일이다. 다른 건 아무 것도 못 외우는 내가 병뚜껑만은 신기하게도 거의 다 외우고 있다. 어쩌면 맥주 병뚜껑을 외우는 데 뇌세포를 다 써버려서 내가 쓴 카피도 못 외우는 머리가 되어버린 걸지도 모르겠다. 어쨌거나 이미 모은 병뚜껑이 수백 개나 되는데도, 딱 보는 순간 이건 이미 가지고 있는 건지, 처음 보는 건지 순식간에 가늠이 된다.

이 취미는 전파력도 강하다. "맥주 병뚜껑을 모아요."라고 말했을 뿐인데, 그리고 우리의 컬렉션을 살짝 자랑했을 뿐인데 사람들이 전 세계를 돌아다니면서 자꾸 맥주 병뚜껑을 구해서 온다. 술을 한 모금도 못 마시는 언니도 에티오피아에 다녀오면서 병뚜껑을 가져왔다.

"언니, 술 못 마시잖아요."

"응. 근데 일행이 마시는 맥주 병뚜껑을 보는 순간 네 생각이 나

225

더라고. 너 이건 없지?"

6개월 동안 남미를 여행하고 돌아온 선배는 아예 작정하고 한 꾸러미를 모아서 가져다주었다. 심지어 6개월 동안 이 취미를 전파하고 돌아왔다.

"내가 맥주 병뚜껑을 챙기니까 다들 이상하게 보더라고. 그래서 니네들 이야기를 해줬더니, 갑자기 전부 자기 병뚜껑을 챙기는 거 있지? 자기들도 모으기 시작하겠다고."

주변 친구들도 신기한 맥주를 마시고 나면 꼭 챙겨와서 내 앞에 내민다.

"이거 혹시 가지고 있어?"

그때 친구들의 표정은 뭐랄까, 착한 일을 하고 칭찬을 받으려는 아이의 표정 같기도 하고, 혹은 보석감정사에게 와서 이게 진짜 다이아몬드인지 아니면 가짜인지 감정을 의뢰하는 사람의 표정 같기도 하다. 그들은 기다리고 있는 것이다. 자기가 구해온 이 병뚜껑이 우리의 컬렉션에 들어갈 수 있는 건지, 아닌 건지. 내가 "이건 저한테도 없는 거예요."라고 말해줄 때 그들의 표정을 봐야 한다. 그들은 진짜 다이아몬드를 내게 선물하는 듯한 표정으로 나에게 병뚜껑을 선물한다.

물론 이 수집에 가장 열성인 사람은 다름 아닌 남편과 나다. 외국 어떤 도시에서건 슈퍼마켓이 보이면 무조건 들어간다. 처음 오는 슈퍼마켓이지만 당황하지 않고 맥주 코너로 직진! 그리고 흩어져서 맥주 병뚜껑을 하나하나씩 체크하기 시작한다. 처음 보는 게 있으면 서로를 불러 진짜 새로운 맥주 병뚜껑인지 확인한다. 카트에 담고 계산을 한 후 당황하지 않고 빈 배낭에 넣는다. 그리고? 숙소로 돌아간다. 냉장고에 새 맥주들을 가득 채워놓고 뿌듯한 기분으로, 홀가분한 배낭으로 그 도시를 여행하기 시작한다.

하루가 끝나면 숙소로 돌아와 낮에 산 맥주들을 하나씩 꺼내서 마신다. 아, 그냥 마시진 않는다. 한국에서부터 꼭 챙겨오는 특수한 병따개를 꺼내놓고 마신다. 2,500원 정도 주고 인터넷에서 산 이 병따개로 따면 맥주 병뚜껑은 휘어지지 않는다. 너무 극성이라고? 우리의 보물이 안 상하도록 하기 위해 이 정도 정성이야. 맥주 병뚜껑을 뒤집어서 네임펜으로 날짜와 도시의 이름을 써놓는 것도 잊지 않는다. 우리의 머리가 그것까지 기억할 만큼 좋지는 않다는 사실을 잊지 않는 것이다.

***

도대체 그걸 모아서 어디에 쓰려고 하는 것이냐고 묻는 사람들이 꼭 있다. 어쩌면 그들은 무용한 세계가 주는 기쁨을 모르는 불쌍한 사람들이다. 그냥 모으는 거다. 재미있으니까. 남들은 그냥 지나치는 맥주 코너가 우리에겐 보물상자가 되니까. 그 속에서 새로운 보물을 발견할 때마다 우리 둘은 키득거리니까. 새로운 병뚜껑의 개수만큼 우리가 남들보다 더 웃을 확률이 늘어나니까. 우리 둘만의 기쁨이 탄생하는 것이다. 어려운 일도 아니다. 맥주 병뚜껑 100개를 모아도 책 하나의 무게보다 가볍다. 여행 가방 안에서 자리를 차지할 일도 없다. 이토록 가볍고 사소하고 재미있는 취미라니. 가끔씩 병뚜껑을 다 꺼내놓고 정리할 때면 이야기가 끝이 안 난다. 이건 어디에서 마신 맥주지, 이 맥주 맛은 개떡 같았어, 이 맥주 진짜 맛있었는데 한국에는 안 파나, 이 맥주 마셨던 그 숙소 좋았는데, 우리 이번에 거기 또 여행 갈까, 이 맥주 마셨던 그 펍 기억나? 이건 선배가 가져다준 병뚜껑인데 우리도 언제 남미에 가서 이 맥주 마셔보지? 이 병뚜껑은, 이 병뚜껑은, 이건…… 도대체 포기할 수 없는 기쁨인 것이다.

그렇게 많이 모았는데, 아직도 없는 병뚜껑이 있느냐고 묻는 사람들도 있다. 매번 여행 때마다 어마어마한 맥주 코너 앞에 서서 왜 우리나라엔 이렇게 다양한 맥주가 없는지 개탄하는, 우리가 얼마나 척박한 땅에서 취미를 영위하고 있는 건지에 대해 열변을 토하는 남편이 거기에 관해서는 이미 명언을 남겨 놓았다.

"우리는 바다에서 조개를 줍는 소년일 뿐……."

맥주 병뚜껑 컬렉션. 안에는 이 맥주를 먹은 날짜와 장소가 적혀 있다

"아무리 면허증도 없는 주제에 자동차 카피를 쓰는 나였지만
야구는 다른 문제였다. 대충이라도 아는 게 없었다. 그냥 다른 은하계였다."

야구 모르는 카피라이터가
야구 응원가를 만드는 법

한때 우리 팀에서 만들었던 '되고송'이라는 것이 유행한 적이 있다. 새벽 2시, 집에 가고 싶어서 억지로 써낸 이 카피가 특히 인기였다.

'부장 싫으면 피하면 되고 / 못 참겠으면 그만두면 되고 / 견디다 보면 또 월급날 되고'.

'견디다 보면 또 월급날 되고'라는 카피를 쓰고 잠시 내가 천재가 아닐까 생각했었다. 그런 쓸데없는 생각을 하며 견뎠다. 견딜 수밖에 없는 날들이었다. 이 캠페인을 만드느라 팀장님은 목 디스크가 도져서 잘 걷지도 못했고, 팀 아트디렉터는 허리 디스크가 도져서 잘 앉지도 못했고, 팀 카피라이터는 우울증이 도져서 회사에 나오지도 못했으니까.

팀원들의 불행에도 불구하고 캠페인은 성공했다. 그렇다면 이건 불행인 건가 다행인 건가. 어쨌거나 캠페인이 인기를 끌자 같은 그룹의 야구팀에서 의뢰가 왔다. '되고송'으로 응원가를 만들어달라는. 그것도 나에게. 어쩌자고 나에게. 야구에 대해 아는 거라곤 홈런밖에 없는 나에게.

"정근우라는 선수 아세요?"

"아니요."

"그 선수 응원가를 써주셔야 하는데……."

"그 선수가 뭘 잘하는데요?"

"도루를 잘해요."

"도루가 뭐예요?"

"야구에 보면 '루'라는 게 있는데 그걸 훔치는 거예요."

"훔치는 건 나쁜 거 아니에요?"

"아, 아니 그게……."

농담이 아니다. 이게 나와 AE의 실제 대화이다. 아무리 면허증도 없는 주제에 자동차 카피를 쓰는 나였지만 야구는 다른 문제였다. 대충이라도 아는 게 없었다. 그냥 다른 은하계였다. 거기서 홈런을 치든, 도루를 하든, 주자가 뛰든, 투수가 바뀌든, 연패를 하든, 그건 내 알 바 아니었다. 어떤 팀이 있는지도 몰랐고, 어떤 선수가 있는지도 몰랐다. '투수'라고 누군가 말하면 머릿속으로 '던질 투'를 중얼거린 이후에야 "아, 야구공 던지는 사람?"이라고 답을 하는 수준이었다. 물론, '타자'라고 말하면 머릿속으로 '때릴 타'라고 중얼거려야만 그 의미를 이해했다. 그런 나에게 야구 응원가라니. 어쩌자고 나에게. 다들 아파서 회사에 못 나오고 있었으니, 대신 써줄 수 있는 사람도 없었다. 검색을 십분 활용해서 겨우겨우 꾸역꾸역 응원가 가사를 썼다. 그게 맞는 이야기인지 아닌지도 모르면서.

***

야구의 충격은 얼마 지나지 않아 또 다시 나를 찾아왔다. 2008년 올림픽. 한국 야구가 결승전에 올랐다고 방송마다, 만나는 사람들마다 난리였다. 그래서 나도 TV를 틀었다. 틀어놓고 딴짓을 했다. 봐도 모르니까. 한참이 지난 후 쿠바 선수가 친 공을 우리나라 선수가 잡았다. 그 순간, 갑자기 우리나라 선수들 전부가 운동장으로 뛰어나왔다. 야구도 모르는 주제에 나는, '쯧쯧. 저렇게 경거망동하면 안 될 텐데…… 끝까지 열심히 해야 할 텐데'라고 생각하면서 설거지를 계속했다.

그런데 해설자들도 소리를 질렀다. 온 동네가 환호성으로 넘쳐 났다. 금메달이라고 화면에 대문짝만하게 자막이 올라왔다. 나는 도무지 이해할 수 없었다. 왜? 홈런도 안 쳤는데? 공이 담장을 넘어가야 이기는 거 아니야?

다음 날 팀 사람들과 밥을 먹으면서 나는 전날의 금메달 경기 이야기를 꺼냈다.

"근데 어제, 마지막에 우리나라 선수가 공을 잡으면서 경기가 끝났잖아요. 왜 그런 거예요?"

"마지막에 병살을 잡았으니까, 이긴 거지."

"병살이 뭐예요?"

"쓰리아웃 중에서 투아웃을 한 번에 잡는 거지."

"아웃이 뭐예요?"

"……밥 먹자."

보다 못한 남자친구는 나를 데리고 야구장에 갔다. 야구장에서 먹는 치맥이 그렇게 맛있다는데 마침내 나도 먹어볼 수 있는 기회였다. 그리고 4시간 동안, 남자친구는 특강을 했다. 야구는 9회까지 있으며, 스트라이크와 볼은 어떻게 다르며, 무엇을 '루'라 부르며, 저걸 다 밟으면 1점이 올라가며, 공을 바로 잡으면 아웃이 되고, 운동장에 떨어지면 안타가 되고, 안타는 좋은 것이고, 물론 우리가 안타를 맞으면 안 좋은 것이고, 선 밖에 떨어지는 건 안타가 아니라 파울이고, 파울은 스트라이크로 계산을 하는데, 파울을 잡으면 아웃카운트가 하나 늘어나고, 볼이 네 개가 되면 걸어 나가도 되는 거고, 스트라이크가 세 개가 되면 벤치로 돌아가야 되는 거고, 저 사람은 지금 왜 뛰는 것이며, 사람들은 왜 환호를 하는 것이며…….

남자친구는 계속해서 설명했다. 물론 나는 거의 대부분을 알아듣지 못했고, 그래서 했던 질문을 또 하고 또 했다. 하지만 남자친구는 귀찮아하는 기색 하나 없었다. 짜증 한 톨 내지 않았다. 그에겐 절호의 찬스였던 것이다. 몇 번만 인내심을 제대로 발휘한다면, 평생 나와 같이 야구를 같이 볼 수 있다는 계산이 선 것 같았다. 어쨌거나 그는 나와 연애한 이후로 그 좋아하는 야구를 전혀 보지 못하고 있었으므로.

그날, 그러니까 금메달 기념으로 야구장에 공짜로 입장할 수 있었던 바로 그날, 내가 처음으로 야구장에 갔던 그날, 모든 '루' 위에 선수들이 섰다. 남자친구가 알려줬다. '만루'라고. 그리고 며칠 전 올림픽에서 마지막으로 '병살'이라는 것을 잡은 선수가 등장했다. 그리고, 쳤다. 넘어갔다.

처음 내 눈으로 만루홈런이라는 것을 보는 순간이었다. 금메달이 확정되는 그 순간처럼, 경기장이 요동을 쳤다. 단숨에 4점이 올라갔다. 그 순간 나는 결심했다. 그 선수를 좋아하기로. 3점 슛을 잘 넣는다는 이유로 문경은 선수를 좋아했고, 《슬램덩크》의 정대만을 좋

235

아한 나로서는 매우 논리적인 결론이었다. 농구에 3점 슛이 있다면 야구엔 만루홈런이 있었으니까. 몸싸움도 없이 멀리서 우아하게 3점 슛을 넣는 것처럼, 만루홈런을 친 다음에는 열심히 뛰지 않아도 되는 거였다. 천천히, 모든 함성을 만끽하면서 운동장을 한 바퀴 돌면 되는 거였다.

기적처럼, 두 번째로 야구장에 간 날에도 바로 그 선수가 만루홈런을 쳤다. (물론, 그건 그 선수에게도 기적 같은 날들이었다. 그 이후로 그 선수의 내리막에 대해선 굳이 말하고 싶지 않다. 그 선수는 경기에 안 나오는 날이 더 많았고, 결국 나는 매일 경기에 나오는 포수를 좋아하기로 마음을 바꿀 수밖에 없었으니까.)

만루홈런에 반한 나는, 경기장 치맥에 반한 나는, 그 후로 종종 야구장에 갔다. 꼭 야구장에 가지 않더라도 저녁이면 남자친구와 함께 야구를 봤다. 물론 치맥과 함께. 그리고 나는 야구의 팬이 되어버렸다. 더 정확하게 말하면 남자친구와 같이 야구를 보는 그 시간의 팬이 되어버린 것이다.

***

봄을 기다린다. 그럼 야구 팬인가? 모르겠다. 가을에 내가 응원하는 야구 팀이 야구를 못하면 욕이 나온다. 그럼 야구 팬인가? 그럴지도. 솔직히 열심히 보지는 않는다. 본다고 다 아는 것도 아니고. 열심히 보더라도 다음 날이면 까먹는다. 일희일비하며 술을 마시고, 핏대 높여 응원을 해도 이듬해가 되기도 전에 그 모든 경기는 기억에서 사라진다. 그럼 야구 팬인가? 아닐지도.

그래도 확실하게 말할 수 있는 건 있다. 거의 유일하게 챙겨보는 스포츠가 야구라서 좋다. 야구가 일주일에 6일이나 하는 스포츠라서 좋다. 야구를 열심히 보는 남편 옆에서 뜨개질을 하고, 맥주를 마시고, 게임을 하고, 잡담을 하고, 그러다 또 야구를 보고, 응원을 하고, 또 딴짓을 하는 그 시간이 좋다. 둘이서 나란히 앉아 누군가를 응원하는 시간이 좋다. 그럼 나는 야구 팬인가? 어쩌다 보니 그렇게 되어버렸다.

"내 맘대로 해도 결국 엄마는 나를 믿을 거니까. 엄마는 그럴 거니까."

완전한
방목

그날 눈치 챘어야 했다. 초등학교에 입학하고 채 1주일이 지나지 않아 비가 왔던 그날. TV에서 본 것처럼 진짜로 엄마들은 우산을 들고 교문 앞에서 기다리고 있었다. 하지만 우리 엄마는 거기 없었다. 혹시나 해서 목이 빠져라 교문 쪽을 내다보아도 엄마는 없었다. 거의 모든 아이들이 엄마와 함께 우산을 쓰고 돌아간 후에 나는 엄마에게 전화를 걸었다.

"엄마, 비 오는데……."

"옆에 친구 없나?"

"친구들 다 갔는데······."

"그라면 뛰어온나."

집이 코앞도 아니었는데 엄마는 뛰어오라 그랬다. 그러니까 그때 눈치 챘어야 했다. 엄마가 보통 엄마들과는 좀 다르다는 사실을.

중학교 때였다. 친구가 오늘 하루만 수학학원에 가지 말고 자기랑 놀자고 계속 꼬드겼다. 자기는 오늘 안 갈 테니, 너도 가지 말고 놀자며 교실을 나서면서부터 꼬드기더니 버스 정류장에서도, 버스 안에서도, 집 앞에서도 계속 꼬드겼다. 결국 친구에게 50원을 빌려 공중전화 박스 안으로 들어가 엄마에게 전화를 걸었다.

"엄마, 친구가 오늘 학원 가지 말자고 그러는데, 학원 빠져도 괜찮나?"

"니 학원을 니가 알아서 해야지, 내한테 물어보면 우야노."

엄마가 내 수학학원 진도를 아는 것도 아니고, 오늘 수업이 얼마나 중요한지를 아는 것도 아니고, 그러니까 엄마 말은 토씨 하나 틀린 구석이 없었다. 그건 내가 아는 거였다. 내가 판단할 문제였다. 말이야 바른 말이었다. 그제야 눈치를 챘다. 나에게 닥친 사태를. 나는 그런 엄마를 타고난 사람이었다.

뭔가 이상했지만 그다음부터는 그냥 알아서 했다. 내 일이니까. 학원을 다니든 말든, 돈을 내놓고 가든 말든 그건 내 인생이고 내 맘이었다. 그러니까 내가 바짝 정신을 차리고 내 인생을 살지 않으면 안 되는 일이었다.

＊＊＊

그리고 고등학교에 입학했다. 선배가 탈춤을 추는 모습을 보고 반해서 나도 탈춤반에 가입했다. 딱히 누구에게 상의하진 않았다. 내 일이니까. 그런데 갑자기 담임선생님이 제동을 걸었다. 탈춤반에 들어갔다가는 꼼짝없이 성적이 떨어질 테니까 절대로 허락해줄 수 없다는 것이었다. 반 평균이 떨어질 거냐. 어쨌거나 결국 엄마가 학교에 불려오는 지경에 이르렀다.

"어머님, 탈춤반은 안 돼요. 거긴 불량한 학생들도 너무 많고, 매일 연습해야 하고, 민철이는 지금 공부해야 하는 시기인데 어머님이 말리셔야 해요."

엄마는 담임선생님의 협박에도 눈 하나 꿈쩍하지 않고 말했다.

"근데 민철이는 그거 안 시켜주면 공부 더 안 할 낀데…… 가는 지 하고 싶다는 걸 시켜줘야 신이 나서 공부도 하고 그러는 아라서……."

결국 담임선생님의 얼굴은 시뻘게졌고, 엄마에게 해서는 안 될 말까지 하고야 말았다(엄마는 아직도 그날 선생님이 엄마에게 한 말을 꺼내며 분해한다). 어쨌거나 나는 탈춤반에 들었고, 보란 듯이 성적은

241

쭉쭉 떨어졌다. 하지만 엄마는 별 말을 하지 않았다. 탈춤반 공연을 할 때마다 꽃다발을 들고 찾아온 걸 보면 내 성적이 떨어지는 이유를 굳이 탈춤반에서 찾지는 않은 것 같다. 떨어지는 성적에 무슨 이유가 있겠는가. 그냥 내가 공부를 점점 못 따라가는 거지.

방목. 완전한 방목. 엄마는 나를 방목했다. 이제 와서 엄마는 그걸 엄마의 교육철학이라고 말하지만, 나도 알고 엄마도 알고 동생도 알고 모두가 안다. 그걸 철학이라고까지 포장할 순 없다. 엄마는 나를 방목했지만, 동생에 대해선 전혀 그러지 못했으니까. 그러니까 방목을 해놔도 나는 울타리 밖으로 안 나가는 아이였기 때문에 방목을 했던 것이고, 동생은 아무리 묶어놔도 어느새 울타리를 뛰어넘는 아이였기 때문에 그냥 각자에 맞게 반응을 했을 뿐이다.

고3이 되어서야 나는 정신을 차리고 공부를 했다. 2년 내내 탈춤을 추느라 공부를 놓고 있다가 그제야 다 따라가려니 벅찼다. 새벽에 일어나 화장실에서 머리를 감고 있으면 엄마는 옆에 와서 중얼거렸다.

"니 꽃집 할 거라매?"

"응."

"그러면 이렇게 공부 열심히 안 해도 된다."

"뭐라카노."

"대학교 가지 말고 지금 일본 같은 데 가서 꽃 배워라. 그게 더 빠

를걸?"

"아 엄마, 학교 가야 된다. 무슨 소리 하노 지금."

"아니, 그냥 그렇다고."

토씨 하나 틀리지 않은 엄마 말이었다. 하지만 하필이면 왜 그때, 하필이면 왜 공부 열심히 하느라 정신없는 딸에게 엄마는 그랬을까. 엄마는 알고 있었던 것이다. 아무리 그렇게 빗장을 풀어줘도 결국 나는 그냥 모범생이 될 것이라는 것을.

그리고 마침내, 대학교 입시 원서를 쓰는 날이 되었다. 내 방에서 내 맘대로 가고 싶은 학교와 과를 고르다가 피아노 학원에서 레슨을 하고 있는 엄마에게 갔다. 상의할 것이 있었다.

"엄마, '가'군에 서울에 있는 대학교랑 경산대 한의대가 있는데 어디에 내지? 요즘 한의대가 뜬다네."

엄마는 가르치던 학생의 피아노를 중단시켰다. 그리고 창밖을 가리키며 한마디를 했다.

"저기 말이가." (엄마 학원 바로 앞에 경산대 한의대가 있었다.)

"응."

"대구에서 좀 떠나도."

나는 방으로 돌아왔고, 서울에 있는 대학교에 원서를 냈고, 결국 혼자 서울로 올라왔다. 엄마는 단 한 번도 걱정하지 않았다. 자신의 품에서 떠나 자신의 길을 가는 딸에 대해서. 혼자 서울에 사는 딸의 안전에 대해서. 다만 그 순간 엄마는 걱정되었던 것이었다. 자기처럼 딸도 대구를 떠나지 못할까 봐. 딸의 인생이 답답해질까 봐. 어쩌면 그 순간이 엄마가 내 인생에 가장 크게 개입한 순간일 것이다.

엄마는 내가 대학교를 다니는 4년 동안 딱 한 번 내 자취방에 와 봤다. 과연 달랐다. 친구들의 이야기를 들어보면, 친구의 엄마들은 하나같이 자취방을 반질반질 만들어놓고 냉장고를 꽉꽉 채워놓고 내려갔다. 하지만 엄마는 처음 온 내 자취방에 10분 정도 앉아 있다가 이 작은 방에 우리 같이 있어야겠느냐며 나까지 데리고 서울 이모 집으로 갔다. 그러니까 그건 내 인생이었던 것이다.

엄마는 늘 그런 식이었다. 내가 혼자서 유럽여행을 가겠다고 했을 때도 딱 한마디 했을 뿐이다.

"안 위험하겠나?"

"뭐……."

그게 끝이었다. 유럽에서 도시를 옮길 때마다 엄마에게 무사하다 전화를 했는데 마지막에 엄마가 한마디 했다.

"니 잘 있는 거 아니까 전화 계속 안 해도 된다."

무뚝뚝하기는커녕, 수다스러운 엄마다. 주변 사람들 사이에서도 재미있기로 소문이 났고, 친구들도 많고, 이것저것 오지랖도 넓은 엄마였다. 그런데 이상하게도 내 인생에 대해서는 늘 한마디씩만 개입했다. 실은 그마저도 하지 않았다. 그리고 내가 뭔가 또 일을 벌일

려고 하면 십수 년째 같은 말만 한다.

고등학교 때 한 번만 사주팔자를 보고 오라고 몇 달을 사정사정
했더니, 안 내켜하면서 겨우 간 점집에서 들은 한마디. 내 사주가 좋
다는 그 한마디. 그 한마디만 기억하고, 십수 년째 그 말을 해준다.
니 하고 싶은 대로 해도 된다. 니 사주가 진짜 좋단다.

***

어떤 부모가 안 그렇겠냐만은, 나에 대한 엄마의 믿음은 신앙에
가까운 측면이 있다. 정말 어릴 때부터 그랬다. 방치에 가까운 방목
아니냐면서 내가 엄마를 놀리지만, 나도 알고 엄마도 안다. 그 방목
이 아니었다면, 나는 울타리 안에서 영원히 머물렀을지도 모를 일이
다. 이 울타리만 넘어가면 더 풍성한 풀밭이 있다는 사실을 모르고,
울타리 안에서 먹을 풀이 없다고 투덜거리고 있었을지도 모른다. 어
떤 믿음은 울타리 안에 가두지 않고, 멀리멀리 떠나보낸다. 그래도
된다는 용기를 준다. 내 맘대로 해도 결국 엄마는 나를 믿을 거니까.
엄마는 그럴 거니까.

이렇게 써놨다고 해서 쿨하고 시크하기만 한 엄마로 오해하면
곤란하다. 주변 사람들에게는 철없는 엄마로 유명하다. 내 신혼집에
처음 와서 한 말이 "야, 여기 친정집같이 너무 편하고 좋다."였고, 내

가 청소 못하는 엄마를 너무 구박했더니 한다는 말이 "니는 막 자랐지만, 나는 곱게 자랐단 말이야!"였다. "아무리 그래도 딸한테 엄마가 할 소리는 아니다. 그건."이라고 말했더니 자기도 민망했는지 피식 웃어버렸다. 그럼 나도 피식 웃어버릴 수밖에. 별 다른 도리는 없다. 그런 매력 때문에 엄마는 우리 엄마다워지니까. 그런 매력 때문에 엄마를 도무지 좋아하지 않을래야 좋아하지 않을 수가 없으니까.

그런 엄마가 결국 지금의 나를 만든 거니까.

Paris, France 2013

"이번 카피는《한밤의 아이들》같았으면 좋겠어."
"이렇게 쓰면 안 될 것 같아. 왠지 이번엔 김훈 같아야 할 것 같아."
"뭔가…… 오스카 와일드 같은 뭐 그런 거. 알지?"

읽지 않은 책으로
카피 쓰는 방법

　　박웅현 팀장님은 광고인으로서는 드물게 '인문학으로 광
고하'는 분이시다. 그 제목으로 책도 내셨고, 그 책으로 베스트셀러
작가도 되셨고, 10여 년 동안 옆에서 지켜본 결과 실제로 팀장님은
인문학으로 광고를 하신다. 그러다 보니 광고하는 사람들은 종종 내
게 묻는다.
　　"인문학으로 광고한다는 게 어떻게 광고를 한다는 거야?"
　　"음…… 그러니까……."

＊＊＊

그러니까 작년의 일이다. AE들과 전체 회의를 마치고 나오는 길에 팀장님이 카피라이터들을 불렀다.

"이번 카피는 《한밤의 아이들》 같았으면 좋겠어."

그 말을 듣는 순간 생각났다. 내 책꽂이에 얌전하게, 아주 얌전하게 꽂혀 있던 그 책들이. 그러니까 사놓고 한 페이지도 펼쳐보지 않은 그 책들이.

"《한밤의 아이들》이요?"

인문학적 소양이 얕디얕은 카피라이터들에게 팀장님은 《한밤의 아이들》 책을 펴서 일부분을 보여주셨다. 그리고 다음 날 나는 매우 수다스러운 카피를 써갔다. 그리하여 그 카피는 SK이노베이션의 광고가 되어 온에어가 되었다.

몇 달 후, 다른 광고주의 기업PR 광고 카피를 써갔을 때의 일이다. 이 정도면 괜찮다, 생각하고 팀장님 앞에 카피를 내밀었다. 팀장님의 표정은 밝지 않았다.

"이렇게 쓰면 안 될 것 같아. 왠지 이번엔 김훈 같아야 할 것 같아."

"아……."

그 말이 채 끝나기 전에 팀장님에게 급한 전화가 걸려왔고, 나는 팀장님의 방을 나섰다. 번뜩 뭔가 지나갔다. 그래서 썼다. 그리고 전화를 끊고 방을 나서는 팀장님에게 그 카피를 보여드렸다.

"그래. 이런 거."

팀장님의 표정은 밝아졌다. 내 표정도 밝아졌다. 지금까지 읽은 김훈의 책들이 무용지물은 아니었던 것이다. 물론, 광고주는 그 카피를 좋아하지 않았고, 결국 그 카피는 광고로 만들어지지 않았지만.

얼마 지나지 않아, 우리는 또 다른 프로젝트를 시작했다. 오랜 시간 광고주 인터뷰를 했다. 그 내용을 바탕으로 카피를 썼다. 그 카피를 보고 팀장님은 이렇게 말씀하셨다.

"뭔가…… 오스카 와일드 같은 뭐 그런 거. 알지? 응? 응?"이라고 말씀하셨다. 오스카 와일드라니요, 팀장님. 그게 뭔가요, 팀장님. 먹는 건가요, 팀장님. 네? 팀장님. 그 황당한 주문에 웃음부터 터져 나왔다. 그리고 말했다.

"아…… 이번엔 김훈 말고 오스카 와일드요?"

그제야 팀장님도 당신의 황당한 주문을 눈치 채고 민망한 웃음을 안고 말씀하셨다.

"응. 오스카 와일드는 쉽잖아?"

"암, 그럼요. 오스카 와일드는 쉽죠."라고 대답해드렸다. 그래서 오스카 와일드처럼 써갔느냐고? 내 마음대로 써갔다. 분명, 오스카 와일드도 자기 마음대로 썼을 테니까.

Paris, France 2013

오스카 와일드 다음은 누구를 이야기하실까 궁금해하던 찰나, 최근 팀장님은 우리가 써간 카피를 보시고는 "너무 인문학이 많은 거 같아."라고 하셨다. 그게 무슨 말인지 알아채지 못하고 멍한 나에게 "요즘 스무 살처럼 써. 걔들은 이런 말투 아니야. 이런 논리로 말 안 해. 인문학을 버려."라고 첨언을 하시더니 급기야 "인문학은 개뿔."이라는 말을 하셨다. 인문학으로 광고하시는 분의 입에서 "인문학은 개뿔"이라는 말을 듣게 되다니. 물론 그 말도 곰곰이 생각해보면 '인문학'이 주어였으니 인문학으로 광고한 게 맞긴 맞지만.

팀장님은 '인문학으로 광고하'신다. 그런 팀장님 밑에서 10년을 일했다. 이러다가 나는 '읽지 않은 책에 대해 말하는 방법'이 아니라 '읽지 않은 책으로 카피 쓰는 방법'을 쓰게 될지도 모르겠다.

제 5장

쓰다 : 언 어 의   기 록

"쓴다는 것은 내가 세상을 이해하는 가장 중요한 방식 중 하나이다."

쓰기 위해
산다

아빠가 돌아가셨다는 연락을 받았다. 회사에 전화를 걸었다. 집에 일이 생겨서 며칠 못 나가겠다고 말했다. 굳이 아빠의 죽음을 알리진 않았다. 아무에게도 알리지 않았다. 무엇을 어떻게 알려야 할지 도무지 알 수 없었기 때문이다. 전화를 끊고 대구행 기차를 타러 집을 나서면서 내가 챙긴 건 서랍 깊숙이 넣어놓은 일기장이었다. 그게 필요할 것 같았다. 그냥 그럴 것 같았다.

도착한 장례식장엔 동생과 동생 친구들이 있었다. 그리고 전혀 반갑지 않은 친척들도 있었다. 그들은 나를 보고 울먹였지만 나는 그러지 않았다. 간단하게 인사를 하고 상복으로 갈아입었다. 장례식장 뒤쪽에 마련되어 있는 방으로 안내를 받았다.

마지막으로 아빠의 얼굴을 보았다. 그냥 봤다. 오랜만에 보는 얼굴이었다. 기억 속의 그 얼굴과 많이 달랐다. 눈물이 나진 않았다. 그냥 평생 나를 괴롭혔던, 우리를 괴롭혔던, 나의 음울한 성격의 원인이라 추정되는, 버릴 수도 없고 버려지지도 않는 어둠이었던 그 사람이 거기에 누워 있었다. 이제야 끝나는 건가, 이렇게 끝나는 건가, 싶어 한참을 바라봤다. 그냥 봤다.

손님이 올 때마다 일어나서 맞절을 했다. 그거 말고는 딱히 할 수 있는 일이 없었다. 딱히 있고 싶지 않은 자리였지만 동생을 위해 그 자리를 지켰다. 동생이 원한 자리였다. 나는 장례식을 치러줄 만큼의 애정도 남아 있지 않았지만, 동생이 원했다.

"그래도 불쌍하잖아."

동생의 그 말에 그럼 네가 원하는 대로 장례식을 치르라고 말했다. 장례식은 원래 남아 있는 사람을 위한 절차니까. 동생은 아빠에게 감정이 남아 있고, 나는 동생에게 감정이 남아 있으므로. 나는 자리를 지켰다.

동생의 손님은 끊이지 않았다. 물론 내 손님은 없었다. 내가 아무에게도 알리지 않았으므로. 동생은 끊임없이 손님들 자리로 불려나가야 했다. 나만 혼자 아빠 사진 앞에 앉아 있었다. 그런 시간이 많았다. 살면서 아빠랑 그렇게 둘이서 있어본 기억은 없었는데. 죽어서야 그는 내 옆에 고요히 있었다. 밖은 북적이고, 안은 적막했다.

그제야 나는 일기장을 꺼냈다. 벽에 등을 기대고 앉아 쓰기 시작했다. 32년간의 감정에 대해. 아무에게도 말하지 않은 그 감정에 대해. 아무렇지도 않은 척 살아왔지만 결코 아무렇지도 않을 수 없었던 그 감정에 대해. 썼다. 쓰고 또 썼다. 그리고 마지막 문장을 썼다. '아빠가 돌아가셨다'라고. 그제야 나는 나에게 닥친 그 사태를 이해할 수 있었다. 그제야 나는 사람들에게 전화를 했다. 그리고 말했다. 아빠가 돌아가셨다고. 이제야 모든 것이 끝났다고.

***

쓴다는 것은 나에게 무슨 의미일까. 아빠의 장례식장에 가면서 본능적으로 가방에 일기장을 챙겨 넣은 건 무슨 이유였을까. 남들 다 받는 초등학교 백일장 상도 한 번 받아본 적이 없는 내가 어쩌다가 '쓴다'는 것의 의미에 대해 쓰고 있는 걸까. 어쩌다가 쓰는 것으로 밥을 벌어먹고 살게 되었을까.

읽고, 듣고, 보고, 경험하고, 지금까지 말한 그 모든 행위가 마지막에 '쓰다'에 도착한 것은 어쩌면 당연한 귀결점일지도 모른다. 나는 읽고서 쓰고, 보고서 쓰고, 듣고서 쓰고, 경험하고서 쓴다. 뛰어

259

난 문장가도 아니면서, 그럴듯한 시나 소설이나 에세이를 쓰는 것도 아니면서 나는 쓴다. 그것이 무엇인지 알지도 못하면서 쓴다. 아무도 못 보는 곳에도 쓰고, 모두가 보는 곳에도 쓴다. 쓰고서야 이해한다. 방금 흘린 눈물이 무엇이었는지, 방금 느낀 감정이 무엇이었는지, 왜 분노했는지, 왜 힘들었는지, 왜 그때 그 사람은 그랬는지, 왜 그때 나는 그랬는지. 쓰고 나서야 희뿌연 사태는 또렷해진다. 그제야 그 모든 것들을 막연하게나마 이해하게 된다. 그래서 쓰지 않을래야 쓰지 않을 수가 없는 것이다.

***

우리는 많은 경험 가운데 기껏해야 하나만 이야기한다. 그것조차도 우연히 이야기할 뿐, 그 경험이 지닌 세심함에는 신경 쓰지 않는다. 침묵하고 있는 경험 가운데, 알지 못하는 사이에 우리의 삶에 형태와 색채와 멜로디를 주는 경험들은 숨어 있어 눈에 띄지 않는다.[1]

파스칼 메르시어의 《리스본행 야간열차》에 나오는 이 구절처럼,

_____

1. 파스칼 메르시어, 《리스본행 야간열차》, 들녘, 2014

나는 많은 것들 가운데 기껏해야 몇 개만 쓸 수 있을 뿐이다. 나머지는 모두 손가락 사이로 후두둑 떨어져나갈 것이다. 나는 내가 쓴 것을 읽고, 그때의 경험을 음미하고, 손가락 사이로 떨어진 세세한 감정 같은 것들은 잊어버릴 것이다. 죄책감도 없이. 내가 쓴 몇 문장만 경험했다고 믿으며. 그것만이 중요하다고 믿으며. 그것이 쓴다는 것의 어쩔 수 없는 맹점이다.

영화 〈어바웃 타임〉에서 남자주인공은 시간을 거꾸로 돌려 똑같은 하루를 다시 한 번 살아간다. 어제 놓쳤던 많은 것들을 음미하며, 조금 더 여유롭게, 조금 더 의미 있게, 작은 실수들 없이. 하지만 나에겐 타임머신도, 두 번의 기회도, 좋은 머리도 주어지지 않았다. 그러므로 쓸 수밖에 없다. 쓰면서 그 막연함을 약간이라도 구체화할 수밖에 없다. 글을 쓰면 적어도 복기할 기회가 주어지니까. 나를 둘러싸고 있는 사태에 대해 이해할 수 있으니까. 내 감정을 똑바로 쳐다볼 수 있게 되니까. 그 사람을 조금이라도 이해할 수 있으니까. 아니, 이해해보려고 적어도 노력해볼 수는 있으니까. 그러니 쓴다는 것은 내가 세상을 이해하는 가장 중요한 방식 중 하나이다. 어쩌다 보니 그렇게 되었다.

***

다시 한 번 생각해보자. 장례식장 어두운 방에 앉아서 일기장을 펼친 게 다만 아빠가 돌아가셨다는 그 사실을 내게 이해시키기 위해서였을까? 그게 그토록 이해하기 힘든 사실이었을까? 어느 날 남자친구(지금은 남편이 된)에게 이런 말을 했다.

"요즘은 도무지 일기장에 쓸 말이 없어."

그 말을 듣고 남자친구는 멈칫했다. 그래서 요즘이 좋다는 걸까. 그래서 요즘이 건조하다는 걸까. 내가 뭘 잘못한 걸까. 일기장에 쓸 말이 없을 정도로 나와 지내는 시간이 무료한 건가. 남자친구는 헷갈렸던 것이다. 얼른 나는 다음 말을 덧붙였다.

"아니, 그런 게 아니라, 그 정도로 마음이 편안한 것 같아.

이전의 남자친구에게서는 느껴본 적이 없는 감정이었다. 대학교 때 남자친구와는 늘 불안했으니까. 좋아서 불안했고, 싸워서 불안했고, 내가 더 좋아하는 것 같아서 불안했고, 잠깐의 침묵이 불안했다. 그러니까 나는 끝없이 상처를 받고 있었던 것이다. 늦는 문자메시지 답장에, 나와는 상관없는 그의 결정에, 나의 불안을 눈치 채지 못하는 그의 웃음에, 싸늘한 손에. 그를 좋아하는 만큼 나는 더 상처받았다. 그래서 썼다. 쓸 수밖에 없었다. 그 불안과 그 상처를 그에게 다 드러낼 순 없었다. 그러기엔 내가 너무 자존심이 셌다. 그리하여 말로 하기엔 너무 구차한 그 작은 상처들을 나는 일기장에 털어놓았다. 누군가에게는 털어놓아야 내가 살 수 있었다. 쓰고 쓰고 또 썼다. 그렇게라도 쓰고 나면 위로가 되었다. 그래서 일기장은 늘 침대 옆에 있었다. 하지만 지금의 남자친구를 만나면서는 쓸 말이 없었다. 나를 위로하지 않아도 되었으니까. 불안해하지 않아도 괜찮았으니까. 그는 내게 어떤 상처도 주지 않았으니까. 자연스럽게 일기장은 서랍 깊숙한 곳으로 들어갔다. 그때 나는 깨달았다. 나를 위로하기 위해서 나는 썼구나. 그러니까 아빠의 죽음 앞에서도 나는 나를 위로하기 위해 서랍 속 일기장을 꺼냈던 것이다. 30여 년간 상처를 받은 내 안의 작은 아이에게는 다른 누구도 아닌 일기장의 위로가 필요했던 것이다.

때마침 나는 카피라이터가 되었다. 절묘한 타이밍이었다. 일기장이 서랍 속 깊숙이 들어가면서, 그러니까 더 이상 일기장으로 나를 위로할 필요가 없어지면서 나는 카피라이터가 되었다. 그때부터 나에겐 완전히 다른 식의 글쓰기가 요구되었다. 기록의 수단 혹은 이해의 수단 혹은 위로의 수단이었던 글쓰기가 어느새 밥벌이가 되었다.

'글쓰기로 밥을 벌어먹고 살 수 있다.' 이 문장이 너무 벅차, 너무 내 것이 아닌 것 같아, 인생은 한 번도 내게 이토록 호락호락하진 않았는데 싶어 많이 울며 걸었던 아침이 있었다.

***

어쩌다 보니 나 자신을 카피라이터라고 소개하며 살아간 지 17년 째이다. 나는 이 문장 속에서 언제나 '다행이다'라는 생각을 하게 된다. '다행이다'라는 말에 다 담을 수 없을 정도로 깊이, 다행이라 생각한다. 돈을 벌어먹고 산다는 문제가 '쓴다'라는 행위와 직결되어 있다는 사실에. 그리고 그 분야가 광고라는 사실에.

만약 전업 작가가 되어 쓰며 살았다면 나 자신의 무재능에 혹은 열등감에 폭발했을지도 모를 일이다. 엄청난 작품을 내놓아야 한다는 압박감을 어깨에 짊어지고 매일 날카로웠을 것이다. 보통의 회사원이 되어 회사 일이 끝난 후에 지친 몸으로 뭔가를 쓰며 살았다면 왜 이 재능이 나의 일이 될 수 없는가 한숨으로 가득 채웠을 것이다. 한 번도 검증받지 못한 습작들을 불멸의 작품이라 착각하고 있었을 지도 모를 일이다.

도스토옙스키처럼 노름빚을 갚기 위해 글쓰기에 목숨을 걸지 않아도 되어서 다행이고, 일기장에 매일 늘어만 가는 습작이 아니어서 다행이라 느낀다. 혼자서 쓰지 않아 다행이다. 팀 사람들과 함께 써 나가기 때문에 다행이다. 카피라이터라 정말 다행이다.

Paris, France 2013

"잘 쓰기 위해 좋은 토양을 가꿀 수밖에 없는 것이다.
잘 살 수밖에 없는 것이다. 잘 살아야 잘 쓸 수밖에 없는 것이다."

살기 위해
쓴다

카피쓰기에 대해 아무것도 몰랐기 때문에 카피라이터가
될 수 있었다. 겸손의 표현이 아니라 사실이 그러하다. 광고에 대해
백지인 사람을 뽑아 카피라이터로 가르치고 싶다는 박웅현 팀장님
의 바람은 나를 통해 이루어졌다. 그리하여 내가 팀장님이 원하던
그 카피라이터가 되었는지는 미지수다. 과연 그것이 가능한 일인지
도 나는 모른다. 다만 확실한 건, 이 직업은 나의 글쓰기를 바꾸어놓
았다.

검열 없이 감정을 토로하는 글의 세상에서, 사소한 단어 하나하

나까지 여러 명이 머리를 맞대고 회의를 하는 글의 세상으로의 이주. 한 문장이 헐겁게 자신의 느낌을 발산하던 세상에서, 한 문장이 빈틈없이 단단하게 자기 목소리를 내야 하는 세상으로의 이주. 밤의 문장에서 한낮의 문장으로의 이주.

하나 마나 한 이야기겠지만 카피라이팅은 일기쓰기가 아니었다. 일기장의 나는 어슴푸레하고 모호하기만 했다. 문장은 마침표 없이 이어졌다. 나만 알아보면 되니까. 더 정확하게는 나만 알아봐야 하니까.

카피라이팅에 대해 아무것도 모르던 내게 팀장님이 처음 한 충고는 "쓰고 나서 소리 내서 읽어봐."였다. 그 충고는 내가 건너온 이 세상에 대한 명확한 정리였다. 물 흐르듯 자연스럽게 읽혀야 한다, 조사 하나라도 덜그럭거려선 안 된다, 사람들이 이해할 수 있어야 한다, 사람들을 설득할 수 있어야 한다, 모호한 구석은 사라져야 한다, 군더더기가 남아 있어선 안 된다, 이것은 광고 카피다. 그 모든 의미를 그 충고 하나가 품고 있었다.

'입으로 읽으면서 써라.'

처음 이 세계로 들어올 때 시험을 쳤다. 여러 문제 중 하나가 아직도 또렷이 기억난다.

'사랑'이라는 단어를 쓰지 않고, 사랑하는 사람에게 편지를 쓰시오. 내가 그 사람을 짝사랑한다는 사실을 아는 친구가 그 편지를 본다면 연애편지로 읽히고, 그 사실을 모르는 사람이 본다면 친구에게 보내는 일상적인 편지처럼 읽히도록 쓰시오.

그 시험문제는 내가 살던 세계의 언어를 요구하고 있었다. 모호한 나의 감정을 어렴풋이 드러내길 요구했다. 그런 건 자신 있었다. 심지어 짝사랑하는 사람에게 쓰는 편지라니. 그 편지에 대가가 있다면 바로 나였다. 한 치의 망설임도 없이 답안을 채워나갔던 게 생각난다. 지금껏 썼던 편지의 대부분이 아마도 짝사랑하는 사람에게 쓴 편지일 테니. 그 편지를 받은 사람은 내 마음을 끝끝내 몰랐었으니. 그런데 그 시험을 통과해서 들어온 사람에게 이젠 다른 세계의 언어를 요구했다. 명확하고 명료한 세계의 언어. 내게 익숙하지 않은 세계의 언어.

마침표 하나로 고집을 부린 적이 있다. 신입사원 때였다. '사람을 향합니다'라는 슬로건에 나는 마침표를 찍어야 한다고 고집을 부렸다. 단호하게. 우리의 의지를 마침표에 담아 꾹 눌러야 한다고.
"그냥 빼."라는 한마디로 정리하지 않고, 선배는 차근차근 설명했다. 왜 마침표가 없어야 하는지. 그러다 마지막엔 마침표를 넣었

을 때와 뺐을 때를 비교하면서 읽어주었다. '사람을 향합니다'와 '사
람을 향합니다.'의 차이를.

"빼야겠네요."라고 대답했다. 대답할 수밖에 없었다. 그냥 설득
되었다. 그런 세계였다. 이 세계는. 마침표 하나에도 이유가 있어야
하는 세계. 모든 것들이 정확하게 제자리에서 기능을 해줄 때 겨우
사람들을 매혹시킬 수 있는 세계. 15초에 들어가는 한 문장을 위해
한 달이 넘는 시간 동안 회의에 회의를 거듭하는 세계. 어쩌다 보니
내가 그 세계에 들어와 있었다.

＊＊＊

이 세계에서 나는 때때로 열등감에 괴롭다. 때때로, 라는 부사
로 얼버무리기에는 조금 자주, 괴롭다. 롤랑 바르트식으로 이야기를
하자면, 카피 쓰는 사람으로서 나는 네 번 괴로운 셈이다. 카피를 잘
못 쓰기 때문에 괴롭고, 그 사실에 스스로를 비난하기에 괴롭고, 내
무능력으로 프로젝트가 덜그럭거려서 괴롭고, 내가 그토록 평범하
고도 평범한 사람이라는 사실에 또 괴로워한다. (질투하는 사람으로
서 나는 네 번 괴로워하는 셈이다. 질투하기 때문에 괴로워하며 질투한
다는 사실에 자신을 비난하기 때문에 괴로워하며 내 질투가 그 사람을
아프게 할까 봐 괴로워하며 통속적인 것에 노예가 된 자신에 대해 괴로

워한다.[1])

    답이 없는 괴로움이다. 끝이 없는 괴로움이다. 이 일을 그만두지 않는 이상, 벗어날 수 없는 괴로움이다. 일희일비하지 말자, 라고 늘 스스로를 다독인다. 분명 내가 잘하는 날도 있으니, 나라고 언제까지나 지진아에 머물러 있진 않았으니, 일희일비하지 말자, 이런 날도 있는 것이다, 다독이고 또 다독인다. 하지만 쉽지만은 않다. 괴로워도 힘들어도 매일 다른 팀원이 써온 카피와 내 카피를 비교할 수밖에 없는 일이다. 어젯밤에 아무리 공들여 썼더라도, 비교를 하고 더 나은 카피를 골라내야만 한다. 나의 노력은 뒤로할 줄 알아야 한다. 객관적인 시선을 유지해야만 한다. 결과적으로 무엇이 더 좋은 카피인지 판단해야 한다. 그것이 나의 일이니까.

    '내가 쓴 카피'라는 마음을 지워버리지 않으면 팀원으로 일할 자격이 없다고 생각한다. 이 일은 어디까지나 공동의 작업이니까. 하지만 객관적으로 내 고민의 결과가 별로라고 생각되는 날에는 괴롭다. 표현하기엔 너무 구차한 괴로움이라 그 사실이 또 괴롭다. 연차가 쌓이면 쌓일수록 옅어지는 괴로움이라기보다는, 더 잘 숨기게 된 괴로움이다. 나는 때때로 아주 많이 괴롭다.

    이 세계에서 나를 괴롭힌 또 하나의 문제는 나의 이해력이었다.

---

1. 롤랑 바르트, 《사랑의 단상》, 동문선, 2004

이해가 되지 않으면 한 줄도 쓸 수 없었다. 한구석이라도 마음에서 덜그럭거리면 나는 그 구석이 목구멍에 걸려 머리까지 안 돌아갔다. 3년차가 되었을 때 새 팀에 발령을 받고, 새 팀장님을 만났을 때 그분은 나의 특성을 단숨에 간파했다.

하루는 팀장님이 나를 부르셨다. 이런 이런 방향으로 카피를 썼으면 좋겠다고 일러주셨다. 이해가 가지 않았다. 왜 그 방향이어야 하는지 나는 알아들을 수가 없어 아무 대답도 하지 않았다. 팀장님은 아무 말씀도 하지 않으시고 다시 처음부터 설명하셨다. 두 번째 설명이 끝났을 때에도 나는 아무 반응도 할 수가 없었다. 이해가 되지 않아서. 놀라운 건 팀장님이었다. 팀장님은 또 다시 처음부터 설명하셨다. 세 번째 설명을 끝마치고 나서 딱 한마디 덧붙이셨을 뿐이다.

"니는 이해가 안 되면 한 줄도 못 쓰재?"

그제야 내가 이해할 수 없는 그 부분을 알아챘다. 그리고 물어봤다. 그 방향으로 했을 때는 이런 이런 문제점이 있는데, 그 부분은 어떡하냐고. 팀장님은 금방 답을 주셨다. 그제야 이해가 되었다. "네. 카피 써볼게요."라고 말하고 나서는 내 등 뒤로 팀장님은 다시 한 번 말씀하셨다.

"쟤는 이해가 안 되면 한 줄도 못 써."

이해를 해야 했다. 이 세계는 그래야만 한 줄이라도 쓸 수 있는 세계였으니까. 기존의 내 세계처럼, 쓰다가 문득 이해를 하는 세계가 아니었으니까. 기를 쓰고 이해를 하려고 했다. 이해가 되지 않으면 끝까지 물었다. 납득이 되지 않으면 끝까지 반론을 제기했다. 일을 해야 했으니까. 이해가 되어야 글을 쓸 수 있으니까.

***

어느 날 문득, 불안해졌다. 내게 그토록 익숙했던 밤의 문장들은 어디로 사라진 것인가. 카피라이터가 되면서, 남편을 만나면서, 이전의 나는 어디로 가버린 걸까.

지금의 나는 이전의 나와 많이 달라져버린 것 같았다. 확실히 생각은 단순해졌다. 감정도 직선으로 흐를 때가 많았다. 한 발 빼고 남의 이야기로 흘려버리는 때가 많았다. 나는 괜찮으니까, 라고 이기적으로 판단하고 더 이상 생각하지 않는 날들이 많았다. 감정의 끝이 많이 뭉툭해졌다. 문장 하나에 열광하는 일은 더 잦아졌지만, 문장 하나에 아파하고 끝없이 생각하고 우울해하고 결국 일기장을 꺼내는 일은 사라져버렸다. 속은 텅 비어갔지만, 사는 게 괜찮았으므로 나는 괜찮았다. 심각한 생각은 쓸데없는 구덩이를 파는 것처럼 느껴졌다. 가볍게, 최대한 가볍게, 그냥 흘려보냈다. 시간도 자각도.

그러다 보니 나는 대충 괜찮아졌고, 그런 일들이 반복이 되자,

더 이상 괜찮지 않았다. 물론 하루라도 돌아가고 싶진 않았다. '그저
버티는 건 정말 사는 걸까'라는 노래 가사 한 줄을 며칠 동안 곱씹던
20대는 지금 내겐 너무 버거웠다. 누구의 20대가 안 그렇겠냐만은.
그러니까 말도 안 되는 욕심이었다. 20대로 돌아가고 싶지도 않으면
서 20대의 나를, 그때의 글쓰기를 잃어버리고 싶지 않아 불안했다.
입구만 있고 출구는 없는 불안함이었다.

***

그렇게 살다가 이 책을 제의받았다. 처음엔 뭘 어찌해야 할지 몰
랐다. 내가 뭘 쓸 수 있을지도 몰랐다. 닥치는 대로 써보다가 문득
다 멈췄다. 이렇게 쓴 글들이 도대체 무슨 의미란 말인가.

생각을 시작했다. 가벼운 노트 하나와 연필을 늘 가방에 넣고 다
녔다. 오랫동안 중단했던 생각이 톱니바퀴처럼 돌아가기 시작했다.
읽었던 책을 다시 읽고, 들었던 음악을 다시 듣고, 사진들을 들추어
보았다. 남편과 술을 마시다가 갑자기 노트를 꺼내서 끄적이는 순간
이 많아졌다. 잡지를 보다가도 갑자기 노트를 꺼냈다. 생각의 공장이
다시 가동된 것이다.

그러나 신기하게도, 이상하게도, 우울하지 않았다. 슬프지 않았
다. 더 이상 땅굴을 파고 은닉하지도 않았다. 생각을 그만둔 동안 나

의 다른 부분이 성장했다는, 품이 넓어졌다는, 혹은 세상의 다른 면도 알게 되었다는 증거처럼 여겨졌다. 어쩌면 나는 생각을 그만두지 않았다는 확신에까지 이르렀다. 어쨌거나 이 책 덕분에 알게 된 사실이었다. 이 책 덕분에 읽고, 쓰고, 듣고, 보고, 찍은 것들에 대해 다시 생각하게 되었다. 잃어버렸다고 생각한 많은 것들을 다시 손에 쥐게 되었다.

***

"그 음악 좀 끄자."라고 말하던 엄마가 생각난다. 어릴 적, 내가 큰 소리로 음악을 틀어놓으면, 엄마는 힘들어하면서 늘 말했다. "그 음악 좀 끄자."라고. 난 잘 이해되지 않았다. 엄마는 피아노 선생님이면서, 어떻게 피아노 선생님이 음악을 안 듣고 싶어 할까, 그건 일종의 직무유기가 아닐까.

어느 날 엄마에게 대꾸했다.

"피아노 선생님이면서 엄마는 어떻게 그렇노."

엄마는 1초의 틈도 없이 대답했다.

"하루 종일 피아노 소리만 듣다가 이제 겨우 집에 왔는데 뭘 또 들어야 된단 말이고."

가끔 엄마의 그 말이 생각날 때가 있다. 결국 나는 엄마와 다른 삶을 살게 되었다. 적어도 나는 '하루 종일 글을 쓰다 돌아왔는데 또 글을 쓰라고?'라는 말은 하지 않아도 되니까. 이 글쓰기와 저 글쓰기는 완전히 다르니까. 이 글쓰기를 하면서 지친 나를 저 글쓰기가 위로하니까. 저 글쓰기를 하면서 모호해진 나를 이 글쓰기가 다시 또렷하게 만들어주니까.

＊＊＊

　잘 쓰기 위해서는 좋은 토양을 가꿔야지, 라는 핑계로 수없이 읽고, 듣고, 보고, 돌아다녔다. 17년을 그랬다. 그 핑계 덕분에 삶은 더 없이 풍성해졌다. 누군가 물은 적이 있다. 지금 그 책을 읽는 게 진짜 카피라이팅에 도움이 되냐고. 어떻게 도움이 되냐고. 나는 얼버무릴 수밖에 없었다. 심지어 나는 그 모든 것을 잘 기억하지 못하기 때문에 어떤 책과 음악이 직접적인 도움을 주는 경우는 드물었고, 그래서 더 얼버무릴 수밖에 없었다. 지금 내가 읽고 있는 소설책이 지금 내가 맡은 슈퍼마켓 광고에 도대체 무슨 도움을 줄 수 있겠는가? 작년에 다녀온 그 여행이, 그 여행에서 또 잔뜩 찍어온 벽 사진들이, 그때 마신 술들이, 석유회사 광고에 직접적으로 도움을 줄 리가 없다. 도움이 된다고 말하면 거짓말이다.
　하지만 도움이 되지 않는다고 말한다면 그 역시 거짓말이다. 토양이 비옥해진 것이다. 그리하여 막연하게, 듬성듬성, 이런저런 방법으로 토양을 가꾸고 있는 중이다. 그러다 어떤 필요의 씨앗이 뿌려지면 그 토양에서 건강한 새싹이 자라길 빌 뿐이다.

**

한번은 '기본이 혁신이다'라는 슬로건으로 아이디어를 내야만 했다. 곰곰이 생각하다 보니 남프랑스의 한 미술관에서 본 피카소가 생각났다. 소 한 마리를 점점 더 단순화하면서 그가 그린 열 장의 그림이 생각났다. 점점 단순화하다가 결국 선 몇 개로만 소를 표현한 그림. 그 단순한 선들이 생각났다.

그리고 또 생각났다. 조선의 백자 하나가. 리움 미술관을 다 둘러보고 난 후에 마지막으로 본 백자 달항아리에 나는 푹 빠졌었다. 아무것도 없었는데, 모든 것이 다 있었다. 완벽하게 둥글지 않아 정다웠고, 아무런 장식 하나 더하지 않아 소박했다. 정답고 소박한데 기품이 있었다. 주변의 공기까지 압도하는 어떤 정서가 있었다. 도대체 이 달항아리의 어디에서 이런 힘이 나오는 것인가. 나는 아무리 보고 또 보아도 알 수가 없었다. 벌써 몇 년 전의 일이었지만 '기본이 혁신이다'를 듣는 순간 그 달항아리가 생각났다. 그냥 생각났다.

그리고 또 생각났다. 앙리 카르티에 브레송이. 순간을 그토록 기가 막히게 잡아내는 그 사진가가 알고 보면 50mm 단렌즈로만 촬영을 했다는 사실이 생각났다.

피카소, 달항아리, 브레송.

한 번도 연결을 시켜서 생각해보지 않을 것들이 한 문장을 듣는 순간 동시다발적으로 나에게 다가온 것이다. 이게 무엇이 될 거라는 기대도 없이 가꿔놓은 토양이 제대로 기능해준 것이다. 드물지만 이런 순간이 있다.

***

결국 잘 쓰기 위해 좋은 토양을 가꿀 수밖에 없는 것이다. 잘 살 수밖에 없는 것이다. 잘 살아야 잘 쓸 수밖에 없는 것이다. 적어도 나는 그런 인간인 것이다. '쓰다'와 '살다'는 내게 불가분의 관계인 것이다. 나는 이 문장 속에서도 언제나 다행이라는 생각을 하게 된다. 다행이다. '다행이다'라고 쓸 수 있어 진실로 다행이다.

망원동 우리 집, 2012